DERNIÈRE MANCHE

Merci à ma mère pour sa relecture attentive.

www.actes-sud-junior.fr

Éditeur : François Martin assisté d'Étienne Chauvard
Maquette intérieure : Marie-Thé Mejean

ISBN 978-2-330-16787-5
Loi 49-956 du 16 juillet 1949 sur les publications destinées à la jeunesse.

DERNIÈRE MANCHE

CATHERINE DABADIE

ACTES SUD junior

À Olivier,
qui m'a aidée à aller au bout de ce livre,
contre vents et marées.

1

Ce matin, mon père est d'une humeur de chien. À cause du vent, qui a déboulé du large et lui a fait barrage, à peine sorti de la passe. Les vagues se sont mises à gicler sur le pont et des creux de trois mètres ont menacé d'avaler *L'Envolée.*

"Sébastien, t'es pas fou de sortir par ce temps ?" lui a hurlé le responsable de la capitainerie sur le canal 9 de la radio VHF, en le voyant remonter le chenal à bord de son embarcation chahutée par la houle. C'était une question posée pour la forme, parce qu'à la capitainerie, on le sait très bien que mon père est cinglé et que des vents de force 7 ne vont pas arrêter sa journée de pêche. Pourtant, mon père a choisi la raison. Son second, Jeff, n'était peut-être pas spécialement emballé à l'idée d'affronter une mer démontée, ou bien mon père a fugitivement envisagé le pétrin dans lequel il me jetterait si une vague scélérate l'emportait par-dessus bord.

Ça le tenaille parfois, de penser à ce que je deviendrais s'il n'était plus là. Il me l'avoue les soirs où il s'attarde au bistrot avec ses copains du port. Il n'y a que l'alcool pour lui délier la langue.

"C'est bon, c'est bon, je rentre à la niche !" a-t-il bougonné dans le combiné de la radio VHF avant de rebrousser chemin.

Et de me raconter toute l'affaire, planté dans ma chambre, alors que je sors à peine la tête de mon lit.

— Déjà deux pêches perdues ce mois-ci. C'est pas avec ça que je vais payer les factures ! peste-t-il.

Il est là, avec son humeur de dogue, son ciré parfumé au mazout qu'il n'a pas pris le temps d'enlever, et ma paire de baskets à la main, qu'il me tend au-dessus de la couette, comme si c'était la première chose que je faisais en me levant le matin : enfiler mes chaussures.

— Grouille-toi, je t'emmène à l'école.

Je lève vers lui des yeux surpris. Habituellement, j'enfourche mon vélo pour parcourir les deux kilomètres qui me séparent du collège et, les jours de crachin, autrement dit deux ou trois fois par semaine, je prends le car scolaire. Pour que mon père sorte la voiture, c'est qu'il doit y avoir du grabuge sur la route.

— Un arbre est tombé à cause du vent, la gare routière est bloquée, me confirme-t-il, comme s'il lisait dans mes pensées.

Je ne me fais pas prier et saute dans mes baskets, bien content de grappiller quelques minutes d'assoupissement dans une voiture chauffée.

Dehors, le vent mugit et une pluie froide, filtrée par les réverbères, tombe en gouttelettes brillantes sur la chaussée. Dans le ciel, c'est la confusion. Le jour rechigne à se lever et un brouillard venu du port se mêle aux restes d'obscurité. Le printemps se fait désirer. J'attends que mon père s'installe au volant et ouvre la portière passager, qui ne répond plus aux ordres de la commande électrique depuis l'extérieur, pas plus que le coffre, où s'amoncelle tout un bric-à-brac de filets de pêche, de bottes, de cordes. Il faudrait changer la portière et la voiture tout entière, mais mon père a d'autres priorités, comme payer le gasoil du bateau à la fin du mois.

Dans la voiture, l'odeur de mer et de poisson me retourne l'estomac mais je me dis que c'est toujours mieux que de pédaler comme un fou dans les bourrasques. Mon père allume la radio et manœuvre avec sa brusquerie habituelle pour sortir de la place de stationnement. Un instant, j'ai peur qu'il enfonce le pare-chocs du voisin.

Après cinq minutes de zigzags, on arrive au port, où les chalutiers piaffent et tirent sur leurs amarres. Même avec les vitres fermées, j'entends les drisses claquer contre les mâts dans un vacarme métallique.

Mon père tourne à gauche en direction du terminal des ferries. L'embarcadère éclairé par de puissants projecteurs est protégé comme une forteresse par des grillages montant jusqu'au ciel, truffés de caméras. Au milieu, un chapelet de poids lourds attend sagement de monter sur un des mastodontes en partance pour l'Angleterre. Des camions, il en monte au moins cinq mille par jour sur les ferries, et à peu près autant par le tunnel ferroviaire qui passe sous la Manche. Un vrai foutoir routier qui congestionne l'autoroute et les bretelles adjacentes, se plaint toujours mon père.

— Pourquoi elles sont hautes comme ça, les grilles ?

— Pour empêcher les clandestins de les escalader et de faire le voyage jusqu'en Angleterre.

Mon père n'utilise jamais le mot de migrants ou d'exilés mais de clandestins. Et quand il parle d'eux, c'est toujours pour les accabler. Ils sont responsables de tout : de la saleté des rues, des bagarres dans les bars, des vols dans les supermarchés, de la mauvaise image de la ville, de la pauvreté, de la montée inexorable du chômage, de l'arrivée de nouveaux virus. C'est tout juste si la chute des prix du poisson à la criée, ce n'est pas leur faute.

Un jour, je lui avais posé la question.

— Mais le problème, c'est qu'ils ne peuvent plus faire demi-tour. Alors pourquoi on ne les laisse pas traverser ?

Ma question l'avait agacé. Sans doute qu'il n'avait pas la réponse. Il avait préféré couper court avec sa phrase habituelle.

— Te mêle pas de ça, c'est des histoires d'adultes.

Une mobylette aux contours fantomatiques surgit dans les lumières de la voiture et mon père fait un écart pour l'éviter. Il appuie sur la pédale d'accélérateur en mordant sur la ligne blanche. Le vent, la limitation de vitesse et les cyclomoteurs qui se traînent sur la route mettent toujours ses nerfs en boule. Au premier carrefour après le terminal, j'aperçois des silhouettes noires marchant en file indienne sur le bas-côté, capuches rabattues sur la tête. Les clandestins. On les voit parfois marcher sans but comme des ombres errantes surgies d'un autre monde.

Mon père se rapproche à vive allure du coupé Mercedes qui nous devance. Il lui adresse quelques coups d'appels de phares énervés, puis se rapproche dangereusement de son pare-chocs arrière pour le pousser à accélérer. Mon père pratique l'intimidation, surtout avec les voitures les plus puissantes.

— C'est pas la peine de claquer soixante mille boules pour rouler à une allure de trottinette ! lance-t-il à l'adresse du chauffeur, un vieux monsieur cramponné à son volant, avant de le doubler rageusement.

En s'engageant sur le rond-point, il a un moment d'hésitation. Un panneau annonce une déviation sur la route menant au collège. Sans doute que le vent a provoqué des dégâts. Ne vaut-il pas mieux prendre la première sortie en direction de la mer ? À la dernière seconde, mon père prend sa décision et donne un coup de volant à droite. Pour amorcer le virage, il freine. Heureusement.

En une fraction de seconde, une ombre apparaît dans le faisceau du phare. L'impact est léger, presque mou. Mon père veut pousser un juron mais aucun son ne sort de sa bouche. Il écrase la pédale de frein et, quelques mètres plus loin, notre voiture pile sur le bas-côté. Lui et moi, on fixe d'un air hébété la route déserte, comme si l'information donnée par la carrosserie mettait du temps à remonter à nos cerveaux : on a renversé quelqu'un. Mon père frotte ses mains l'une contre l'autre, je le vois hésiter, remettre machinalement en place le rétroviseur à l'intérieur de la voiture, effleurer le frein à main comme s'il repassait dans sa tête le scénario de l'accident. Puis d'un mouvement sec, il ouvre la portière.

Dehors, je l'entends hurler, sous le coup de l'affolement.

— Mais il est où ?

Son cri me sort de mon hébétude. À mon tour, je donne un coup d'épaule sur la portière et je sors. Il n'y a personne sur ce chemin de terre bordé de talus, derrière lequel on devine la présence d'un parking ou d'un terrain vague. Mon père fait des va-et-vient désordonnés, fourrage dans les herbes et s'époumone, la main en porte-voix.

— Ho, ho, y a quelqu'un ?

— Peut-être qu'on a rêvé, c'était juste un animal ! je lui lance, avant tout pour me rassurer.

Je m'approche de l'arrière de la voiture : aucune trace de choc. Mon père revient précipitamment vers moi et me tend un tennis couvert de boue.

— Parce que tu crois qu'un renard porte des baskets ?

Sa voix est fêlée par l'angoisse.

J'examine de près la chaussure et je distingue des traces de sang sur le lacet. À mon tour, je me mets à courir dans tous les sens, malgré mes jambes tremblantes. J'ai un goût âcre dans la bouche. Un blessé ne peut quand même pas s'enfuir ! Je franchis la rangée de talus et débouche sur le parking désaffecté. La borne de paiement est mangée par la végétation et les restes d'un grillage traînent par terre. Je fais le tour du terrain bitumé, moyennement rassuré par les grognements menaçants d'un chien au loin, et je m'approche d'un petit hangar à moitié effondré. Des tags recouvrent les murs en ciment grisâtre. La porte est ouverte. J'allume mon téléphone portable et je balaie l'obscurité avec mon faisceau lumineux.

— Il y a quelqu'un ?

Un silence répond à mes appels.

Un mouvement imperceptible me fait braquer la lampe du téléphone vers la gauche. Un garçon est assis contre le mur. Il doit avoir mon âge ou pas beaucoup plus. Je recule sous l'effet de la surprise et je pense qu'il voudrait pouvoir en faire autant. Mais il se tient la cheville et grimace de douleur. Il n'a qu'une chaussure à un pied.

— C'est toi ? La voiture ?

Les mots sortent de ma bouche sans beaucoup de cohérence.

Le garçon se redresse et dit non de la tête. Je fais un pas vers lui.

— Attends, je vais t'aider !

Le garçon empoigne une barre de fer posée près de lui.

— Partir, partir ! me souffle-t-il.

Sa main saigne. Je me fige, inquiet.

— *Run, run !* insiste-t-il avec une voix plus menaçante.

Je suis le dernier de ma classe en anglais mais je comprends à peu près où il veut en venir.

— Tu es blessé, il faut appeler la police !

Le garçon se redresse, paniqué.

— *Police, no !*

D'un mouvement laborieux, il se met sur ses deux jambes et s'avance vers moi en boitillant, ses deux mains cramponnées à sa barre de fer.

— OK, OK ! je crie, en mettant mes mains en avant par réflexe pour me protéger.

Mon cœur fait des embardées. Le garçon répète d'une voix tendue :

— *Get out ! Get out !*

Soudain, j'entends les appels de mon père au loin.

— Manoé ? Réponds-moi ! Où es-tu ?

Le garçon baisse soudain la voix.

— *Please. Shut up.*

Nos regards se croisent. J'entends la voix de mon père qui se rapproche. Il ne va pas tarder à tomber sur l'entrepôt.

— Manoé, bon sang, tu réponds ?

Le garçon lâche la barre de fer et me supplie de son regard rempli de peur.

— *Please.* Pas parler.

— Mais alors, t'étais où ? rugit mon père, mi-soulagé, mi-excédé, quand je le rejoins en courant au milieu du parking.

— J'ai jeté un œil à l'entrepôt là-bas.

— Et alors ?

— Et alors rien.

On revient en silence vers la voiture. Mon père se remet à farfouiller dans l'herbe.

— Mais elle est où, cette godasse ? Elle s'est quand même pas envolée ! grogne-t-il.

Non, elle ne s'est pas envolée. Je la tiens au chaud sous mon blouson et, dès que mon père me tourne le dos, je la lance discrètement en direction du parking. Je suis sûr que son propriétaire sera content de la récupérer. Après une dernière inspection des talus, mon père finit par remonter dans la voiture et se tourne vers moi, déboussolé.

— T'as sans doute raison, c'était un animal.

Je colle mon nez à la vitre et je respire un grand coup. Malgré le froid du petit matin, je sens des gouttes de sueur dégouliner le long de mon dos.

2

Les trois coups frappés à la porte sonnent à mes oreilles comme une joyeuse trille. Mme Charnu fait son entrée dans la classe. L'air, tout d'un coup, devient incroyablement léger.

— *Ciao a tutti !*

J'adore le lundi matin que je commence par une heure d'art plastique. Le cours de Mme Charnu, c'est mon moment de gloire de la semaine, ma victoire sans appel sur tous les élèves que j'écrase de ma supériorité. Dans les autres matières en revanche, je suis une cause perdue. Le regard consterné des profs ne me laisse aucun doute sur leur appréciation : "C'est mort pour lui."

Déjà l'année dernière, en cinquième, le conseil de classe n'a pas été très tendre à mon égard. "Élève rêveur, peu travailleur. Il pourrait avoir un avenir s'il n'était pas aussi indiscipliné", a écrit le prof principal sur mon bulletin trimestriel. On m'a laissé passer au niveau supérieur parce qu'on ne sait pas trop quoi faire de moi.

Moi non plus, je ne sais pas très bien quoi faire de ma peau pendant les cours. J'ai l'option de me taire et de me faire oublier au fond de la classe où on me colle toujours seul à une table. Mais il faut que je me lève sans arrêt, que je pose les mauvaises questions, que j'agace. Je vais systématiquement au-devant des ennuis. C'est plus fort que moi. J'ai les nerfs à vif, une colère qui mijote à petit feu mais monte en pression de temps en temps. Dans ces cas-là, je démarre au quart de tour. C'est peut-être pour cette raison que je n'ai pas de copains. Les autres se méfient de moi.

"Difficulté de gestion des émotions", a estimé la psychologue scolaire quand elle m'a questionné la première fois. Régulièrement, elle convoque mon père pour trouver une solution à mes problèmes de comportement. Mais des solutions, mon père n'en a pas, sauf pousser une gueulante et me priver de ma console de jeux.

"Ça se passe comment avec Manoé à la maison ?" demande chaque fois la psychologue. "Ça se passe comme ça doit se passer", répond mon père d'un ton bourru, laissant à son interlocutrice le soin d'imaginer le pire comme le meilleur. Il n'est pas du genre à déballer sa vie privée devant une fonctionnaire de l'Éducation nationale.

Mme Charnu pose sa grosse besace remplie de rouleaux de dessin en faisant tinter les bracelets d'argent qui couvrent ses poignets. Elle n'est pas comme la plupart des adultes de son âge qui s'habillent comme des séniles de la mode. Ses robes à elle sont longues et colorées, elle porte des santiags et parfois même, elle débarque en cours avec un chapeau de cow-boy sur la tête. Son parfum, surtout, me fait chavirer la tête.

— *Ragazzi*, écoutez-moi !

La prof aime saupoudrer un peu d'Italie dans ses phrases. Elle adore ce pays, qui soi-disant a vu naître les plus grands artistes de la Renaissance.

J'ai déjà soigneusement aligné mes crayons de couleur sur la table, attendant avec impatience de pouvoir terminer mon chef-d'œuvre : une vue sur les gratte-ciel de New York, avec un travail sur la perspective parfaitement maîtrisé. Après les derniers ajustements à la règle, je vais pouvoir passer à la couleur.

Mme Charnu attend le retour du silence avant de s'asseoir gracieusement sur le bureau.

— Comme je vous l'avais annoncé la semaine dernière…

Zut. La semaine dernière, je n'étais pas là, à cause de cette fièvre qui m'a cloué au lit. Qu'est-ce qu'elle a raconté, l'Italienne ?

— Nous allons accueillir aujourd'hui quatre jeunes exilés qui sont hébergés en ce moment à la maison des réfugiés de la ville de Saint-Rouver, à vingt kilomètres d'ici.

J'ouvre des yeux ronds, des migrants, en cours d'art plastique ?

— Je vous demande de bien les accueillir. Ils ne maîtrisent pas forcément le français, mais c'est le cœur qui va parler ! ajoute Mme Charnu avec des vibratos dans la voix.

Je lève le doigt, ce qui m'arrive rarement. En temps normal, j'évite les formalités.

— Mais on va faire quoi avec eux ?

La prof me regarde avec étonnement.

— Mais enfin, Manoé ! Ce fameux projet à l'argile ! *"Migrations. Beyond the frontiers !"*

Je n'y vois pas plus clair que la seconde d'avant, surtout si c'est expliqué en anglais.

— J'étais pas là au dernier cours.

Mme Charnu prend un air désolé.

— Qui explique à votre camarade ?

Aussitôt, Ameline braque son doigt vers le ciel comme chaque fois qu'elle a l'occasion de faire son intéressante.

— Alors, on va prendre de l'argile et puis on va fabriquer les cinq continents mais avec des fissures et des crevasses, pour montrer que le passage de l'un à l'autre est difficile et pour montrer la précarité de la vie, déroule Ameline d'un ton savant.

La prof prend un air inspiré et poursuit.

— Ces garçons viennent d'Afghanistan. Ils ont fait un très long voyage et ont traversé des épreuves très dures. Ils ont besoin de se reconstruire et d'aller à la rencontre de jeunes comme vous. L'art est un bon moyen de vous réunir.

La douche froide. J'ai envie de finir mon dessin pépère, pas de m'embarquer dans un délire artistico-fumeux avec une bande de nomades. Tout d'un coup, elle me déçoit et elle m'énerve, Mme Charnu.

— Vous croyez pas qu'ils ont autre chose à faire que de la pâte à modeler, vos réfugiés ? je lance, sans prendre la peine de lever le doigt cette fois.

Ça y est, je me laisse emporter. Mme Charnu devient aussi rouge que sa robe.

— Pardon, Manoé ? C'est quoi ce commentaire ?

Je hausse les épaules.

La prof balaie du regard la classe.

— Ameline, accompagne-le chez le CPE ! ordonne-t-elle, la voix tremblante.

Je rassemble mes crayons de couleur avec une lenteur d'escargot pour titiller ses nerfs et je me dirige d'un pas nonchalant vers la porte en jetant un regard de défi à Timothé qui pouffe comme un âne.

— Toi, t'écrases ou je t'éclate la tête !

— Dehors tout de suite ! hurle Mme Charnu.

Quand je sors, un groupe de garçons remonte le couloir avec deux adultes que je n'ai jamais vus. Les trois premiers passent devant moi en silence. L'un d'eux a le visage couvert de petites cicatrices. Le dernier, plus grand que les autres, est à la traîne. Il boitille. Arrivé à ma hauteur, il lève distraitement ses yeux vers moi. Je m'arrête net. Cette démarche claudicante… ce regard… Instinctivement, je regarde ses pieds. L'un des lacets de ses baskets porte des traces brunâtres. Le garçon, lui aussi, se fige. Pendant quelques secondes, on se dévisage, stupéfaits.

— Bon, tu te grouilles ! Je veux pas rater le cours, moi ! me lance Ameline avec son air supérieur.

Le garçon s'empresse de rejoindre ses camarades, du moins aussi vite que le lui permet sa jambe endolorie. Abasourdi, j'emboîte le pas d'Ameline.

3

Le centre commercial Channel Europe est direct en bus depuis chez moi. Quand je ne suis pas au club de voile, j'y traîne souvent le samedi après-midi pour échapper à la torpeur et à l'ennui de mon lotissement. Je monte direct à la boutique Youpi Sport, au premier étage, en prenant les escalators du milieu. Je suis un itinéraire bien rodé : d'abord les paires de tennis que je ne pourrai jamais m'offrir, puis le rayon voile, à gauche de l'allée centrale, avec sa tête de gondole éclairée par des ampoules LED couleur lagon. Je m'y offre une part de rêve entre les cordages, les sacs étanches, les lunettes de soleil et les harnais, et je fais mentalement la liste de tout ce dont j'aurai besoin plus tard.

J'ai décidé de prendre le large, au sens propre comme au sens figuré, dès que j'aurai atteint mes dix-huit ans. Je veux devenir navigateur ou aventurier des mers, je n'ai pas encore tout à fait arrêté mon statut marin ni le type d'embarcation sur laquelle je partirai à la conquête des océans. Une chose est certaine, je passerai une bonne partie de l'année dans les Caraïbes, là où le soleil n'est pas en option. Ici, la mer reste toujours dans des variations de gris-argent et le froid vous ronge les os. Mon père n'est pas vieux et pourtant il a déjà des douleurs aux genoux à force de mariner dans des bottes trempées. En aucun cas je ne veux finir marin pêcheur comme lui, écrasé de rhumatismes, de soucis et de dettes. En aucun cas je ne veux lui ressembler.

Je m'attarde un moment devant les combinaisons haut de gamme Guy Cotton. Quitterie a été intraitable : je ne peux pas continuer à me présenter au cours de voile vêtu d'un simple coupe-vent. Elle en a parlé à mon père qui a opiné du chef et bredouillé qu'il allait s'en occuper. Devant elle, il perd tous ses moyens.

Avant que je sorte de la maison, il m'a tendu un billet de vingt euros.

— Essaie de trouver quelque chose de mettable.

À ce prix-là, on va laisser tomber Guy Cotton. Je me rabats sur une combinaison premier prix de la marque Youpi Sport. Je ne risque pas d'avoir trop chaud, mais au moins, je m'en sors pour dix-neuf euros quatre-vingt-dix.

À la caisse, une fille aux cheveux rouges me fait signe d'avancer et prend mon article qu'elle scanne d'un air morne. Lorsque je lui tends mon billet de vingt euros, elle appuie mollement sur une touche de sa machine. À l'instant même, son visage s'éclaire comme sous l'effet d'un coup de projecteur.

— Dis donc, t'es né sous une bonne étoile !

Ça, je n'en suis pas certain. Je la regarde, interloqué.

D'un geste triomphant, elle détache le ticket de caisse et me le tend. Il est barré de trois étoiles.

— Tu as remporté le ticket de caisse gagnant de la journée !

— Ah ouais ? J'ai droit à une remise ?

— Mieux que ça. Tu repars avec deux places pour la finale de la Champions League. À Londres, dans un mois et demi.

C'est une blague. Ou je n'ai pas bien compris.

— Si tu sais pas avec qui y aller, tu sais où me trouver ! ajoute la caissière en me faisant un clin d'œil.

Je fixe mon billet, incrédule. Londres.

La fille aux cheveux rouges m'indique du doigt un bureau derrière les caisses.

— Va voir le responsable des ventes, il te donnera les billets.

— D'ac... d'accord, je bredouille, la tête chavirée, en essayant de fixer mon regard dans la direction qu'elle m'indique.

J'y vois flou, à cause de l'émotion.

Quelques minutes plus tard, je sors en trombe du centre commercial et je traverse le parking en poussant des cris de fauve sans prêter attention aux clients qui me dévisagent avec perplexité. En montant dans le bus, j'hésite : je lui fais un gros bisou sur le crâne, au chauffeur ? Mais en tournant la tête vers le fond du véhicule, j'aperçois les contrôleurs et je juge plus sage de commencer par acheter un ticket.

Londres. Une occasion inespérée. Un signe venu du ciel. À cet instant, je pourrais croire à l'existence de Dieu. Je me mords la lèvre pour ne pas brailler de joie. Je serre mon talisman au fond de ma poche en réfléchissant à la meilleure façon d'annoncer la nouvelle à mon père. A priori, il va sauter au plafond, lui aussi. Enfin… à sa manière toujours très contenue : il lâchera un petit "incroyable" et consentira à sourire.

Le foot, c'est un moment de trêve entre nous, même si on se chamaille souvent sur le nom des joueurs à placer au sommet de l'Olympe. Pour moi, c'est Messi et Mbappé. Mon père préfère des dinosaures du ballon comme Maradona ou Platini. Les soirs de match, il ouvre le frigo, sort son pack de bières et me verse quelques gouttes du breuvage blond au fond d'un verre. Il coupe ensuite le son de la télé pour ne pas entendre le "charabia" des commentateurs. Il a eu un petit passé d'arbitre et il aime m'en mettre plein les oreilles avec ses compétences techniques. Puis il s'assoit sur son fauteuil en faux cuir tandis que je me vautre sur un gros coussin et c'est parti pour quatre-vingt-dix minutes d'invectives.

Au port, je l'aperçois de loin sur la jetée. Avec sa haute taille et son pantalon de ciré jaune, on ne peut pas le louper. Il récure ses casiers de pêche comme tous les samedis après-midi et Jeff, son second, se tient à côté de lui dans une posture que je ne lui connais pas, la tête baissée, les épaules enfoncées. Je devine que quelque chose cloche, surtout lorsque je vois Jeff tourner les talons et se diriger d'un pas lourd vers sa voiture.

— Houhou !

Je crie pour attirer son attention. Ça fait quatre ans que je connais Jeff, depuis le jour où il a embarqué à bord de *L'Envolée* sans rien connaître de la mer, avec en poche un CAP de mécanicien et un casier judiciaire qui l'avait conduit plusieurs fois devant les juges. Mon père avait accepté de le prendre en contrat de réinsertion et lui avait tout appris du métier, le sauvant d'une vie qui aurait pu mal tourner.

"Ton père est le meilleur marin du coin !" m'avait déclaré Jeff, un jour qu'on faisait un tour d'autos tamponneuses à la fête foraine où il m'emmenait parfois avant d'être père de famille pour la deuxième fois.

Si j'avais voulu être ironique, j'aurais pu lui rétorquer que ce n'était pas difficile : le port ne comptait plus que six bateaux de pêche. Mais Jeff avait raison et je le savais. Ceux qui avaient résisté jusqu'à aujourd'hui à la crise de la surpêche, à la montée du prix du gasoil, à la pollution des eaux marines, à l'appauvrissement des océans, et à toutes les avanies dont je connaissais la liste par cœur, étaient les plus endurcis et les plus aguerris. Et dans ce club fermé de marins pêcheurs chevronnés, souvent issus d'une longue lignée d'hommes de mer, mon père avait la réputation d'occuper la plus haute marche du podium.

En entendant mes cris, Jeff se retourne. Mais bizarrement, il ne vient pas me saluer et me raconter deux ou trois vannes comme à son habitude. Il se contente de me faire un petit salut de la main de loin avant de s'engouffrer dans sa voiture. Je suis trop excité pour y prêter vraiment attention. En courant, je rejoins mon père, qui asperge ses casiers de mer avec un tuyau d'arrosage.

— Papa, il m'est arrivé un truc de malade !

Je me plante devant lui et je dégaine les billets.

— Qu'est-ce que tu dis de ça ? Une finale de la Champions League ! Ticket de caisse gagnant chez Youpi Sport !

Un éclair de joie traverse les yeux de mon père. De surprise, le jet d'eau vient se perdre sur ses bottes en caoutchouc.

— T'es sûr que c'est pas une entourloupe, ce truc ?

— Mais non ! Le type du magasin m'a expliqué que c'est du marketing, c'est pour attirer des clients. Ils offrent des billets de la League pendant toute la semaine !

— Finale de la League ? répète mon père comme s'il n'avait pas bien entendu.

À sa voix, je sens qu'il est épaté.

— Je parie sur une rencontre Real-Manchester ! je lance.

— Mais non, les Anglais vont se faire balayer en quart. Non, je vois plutôt un Juventus-Barça.

Mon père déroule ses pronostics tout en continuant d'arroser ses pieds. Il est aussi déboussolé que moi par la nouvelle. Soudain, il redescend sur terre.

— Elle se passe où, ta finale ?

Je prends ma respiration. La suite va être difficile à amorcer.

— À Londres.

Le corps de mon père se raidit. Un instant, il contemple ses casiers et je parie que dans sa tête, il passe en revue un certain nombre d'éléments qui ne plaident pas en ma faveur. Cette ville pèse sur nous deux comme une chape de plomb.

— L'Angleterre ? Tu n'y penses pas !

Je tente de le raisonner : Londres est à trois heures de train. On ne part pas pour une expédition au Népal, non plus !

Un silence s'installe, lourd de tous les non-dits entre nous.

— Je parle pas un mot d'anglais. Et puis une soirée de finale, c'est aussi une nuit à l'hôtel et au moins trois repas ! s'énerve mon père.

J'essaie de détendre l'atmosphère.

— Pour l'anglais, pas de problème, j'ai une appli sur mon téléphone !

Mon père fait quelques pas pour aller éteindre la pompe, il enroule méticuleusement le tuyau d'arrosage sur son cylindre, le temps sans doute de bien réfléchir à la décision qu'il va prendre, puis il s'affale sur le muret.

— Mano, j'ai pas l'argent. Je dois licencier Jeff, j'ai pas de quoi le payer correctement. Alors un match de foot en Angleterre…

Je le regarde sans réagir. Je suis sonné par l'annonce du départ de Jeff, mais plus encore par ce qu'il est en train de m'annoncer.

— Ces billets, vends-les, tu en tireras un bon prix. Ça te fera de l'argent de poche.

Mon père fixe le quai pour éviter mon regard. Dans mes entrailles, c'est le chaos. Ça y est, je sens la colère remonter dans mon tube intestinal, prête à jaillir comme un geyser.

— T'as pas le droit de me faire ça ! je lui hurle.

Mon père ne supporte pas que je lui tienne tête. Un instant, il prend sa pose de bouledogue pour m'aboyer dessus. Puis il se pince la lèvre, dans un effort terrible pour ne pas riposter. Sans ajouter un mot, il se lève et se dirige vers *L'Envolée*. Je sais ce qu'il va faire : se carapater dans son bateau, comme toujours.

4

Il y a six ans, un matin, je suis descendu à la cuisine et j'ai vu un papier posé sur la table. "*Je m'en vais.*" J'ai immédiatement reconnu l'écriture de maman et sa façon de former de grandes boucles. C'était en février, je me souviens encore du givre ce jour-là qui recouvrait la vitre de la cuisine et des miettes de pain oubliées à côté du papier posé sur la table, comme si elle avait grignoté un petit quelque chose avant d'écrire ce mot en lettres légères. J'ai encore une sensation de froid humide quand je repense à cette matinée.

J'étais seul à la maison alors j'ai appelé Quitterie, puis je suis allé m'asseoir sur le plancher froid de la chambre de mes parents. J'avais besoin de me rassurer en fixant les vêtements de maman qui s'étalaient encore sur le lit : son foulard à pois et sa longue robe noire qu'elle mettait souvent le samedi soir. Elle n'avait pas tout emporté, c'était bon signe.

Grâce à la VHF, Quitterie a réussi à contacter papa en mer pour qu'il rentre au plus vite mais il a fait le contraire. Il a mis le cap vers le nord et s'est enfoncé vers le large. Personne ne sait exactement où il est allé. Pendant trois jours, il s'est laissé dériver en mer du Nord sans donner de nouvelles. Le soir du quatrième jour, il a ouvert la porte d'entrée de la maison, hébété de fatigue, avec son ciré qui puait l'humidité et le goudron, sa barbe qui mangeait sa bouche et ses yeux rougis par le froid ou les larmes. Il m'a serré dans ses bras très fort mais ne m'a pas dit un mot.

Maman n'était plus là, alors Quitterie, sa meilleure amie, a pris le relais pendant quelques semaines. La journée, elle veillait sur moi et, le soir, elle consolait papa comme elle pouvait, en lui préparant le repas et en lui jouant quelques airs folk à la guitare. Mais mon père, je crois qu'il en avait rien à cirer de la musique à ce moment-là. Ce qu'il préférait, c'était la vodka.

Partir, ça ne veut pas dire qu'on ne va pas revenir. Pendant des jours et des jours, j'ai pensé que maman allait réapparaître au portail. Je me collais à la petite fenêtre de l'entrée donnant sur la rue et j'attendais. Mais je ne voyais passer que le voisin promenant son labrador à moitié aveugle ou Marine Kohller, la flic qui habite derrière chez nous.

Je voulais que mon père saute dans sa voiture déglinguée, qu'il fouille toute la ville, la région, le pays pour la retrouver. Je le suppliais de se bouger, de m'emmener avec lui. À deux, on allait trouver des indices comme les flics de *NCIS* à la télé. Peut-être que maman avait eu un coup de folie ? Qu'elle grelottait quelque part sous la pluie au bord d'un chemin de campagne ?

Mais après ses trois jours d'absence, mon père n'a rien fait pour la chercher. Il n'a remué ni ciel, ni terre, ni le grenier, ni même la terre au fond du jardin pour vérifier qu'elle n'avait pas été assassinée. Même ça, j'y ai pensé.

Il est resté aussi statique que moi, assis devant la télévision, à laisser défiler des programmes qu'il ne regardait même pas. Moi, j'attendais maman. Mais lui, il tirait déjà un trait sur elle, j'en suis sûr. Depuis ce jour, je lui en ai toujours voulu.

Un jour, à l'âge de neuf ans, j'ai compris : elle ne saurait plus rien de ce qui m'arriverait dans la vie, elle ne reviendrait pas. Le jour où j'ai réalisé cette chose infâme, je rentrais de l'école sur ma bicyclette. Il y a eu comme un vide dans ma tête, un grand trou noir. On peut parler d'une révélation, un peu comme saint Paul sur le chemin de Damas. Ma grand-mère m'avait montré sa photo sur son missel qu'elle sortait à Noël. On y voit le saint, tombé à terre, inondé d'une lumière chaude venue du ciel. Moi aussi, ce jour-là, je me suis retrouvé à genoux, mais c'était sur le chemin de la Carpelette, à deux pas de la zone portuaire, et ce qui tombait du ciel ressemblait plutôt à des ténèbres.

J'ai chuté de mon vélo. Trois points de suture à l'arcade sourcilière.

Bizarrement, le lendemain, mon père a décidé définitivement d'effacer maman de nos vies. Il a procédé au grand nettoyage. Il a empaqueté ses vêtements, jeté ses restes de maquillage et envoyé à la déchetterie le matelas sur lequel elle dormait avec lui. J'avais mal au ventre et je voulais pleurer. C'est comme si maman disparaissait une seconde fois.

Je n'ai rien pu sauver, sauf un petit album photo qu'on avait fait ensemble elle et moi pour la fête de l'école. Sur un des clichés, j'ai cinq ans, je suis déguisé en fleur des champs, maman me serre dans ses bras. Elle porte un sweat-shirt rose et elle sourit devant l'objectif comme on sourit quand la vie vous a donné ce qu'il y a de plus beau : un petit garçon aux cheveux blonds bouclés qui vous aime.

Je me demande si on oublie son enfant avec le temps qui passe. Peut-être qu'avant de partir de la maison, maman m'oubliait déjà. C'est parfois l'impression que j'avais. Moi, après toutes ces années, je continue de penser à elle. Mais les souvenirs s'estompent, son image se brouille, je n'entends plus sa voix aussi distinctement. Quelquefois, je ne sais plus très bien où se situe la frontière entre ma mémoire et ce que je m'invente d'elle. J'ai peur de ne plus avoir que des fragments de souvenirs. J'ai peur que ces fragments de souvenirs se transforment en débris de souvenirs prêts à finir aux oubliettes de mon cerveau.

C'est pour ça que je voudrais aller à Londres.

J'écoute un moment le murmure de la dune, juste au-dessus du club de voile. La mer a pris une couleur gris métal à l'amorce du soir et un vent léger fait danser les oyats. Je branche mon casque sur mes oreilles et j'enfouis mes pieds dans le sable humide.

Sometimes all of our thoughts are misgiven.

J'aime cette chanson de Led Zeppelin, vieille comme le répertoire de mon père. Il me l'a fait écouter un jour que j'avais le moral dans les chaussettes.

Je plisse les yeux comme si j'allais enfin voir les falaises blanches au fond de l'horizon. Mais l'Angleterre n'est qu'un songe avec ce temps poisseux qui bouche la vue.

And my spirit is crying for leaving.

La base nautique est immobile. D'habitude, Quitterie est encore au club à cette heure-ci après l'entraînement des petits sur le plan d'eau. Je voudrais lui parler et peut-être même lui confier cette histoire de Londres. Mais après tout, qu'est-ce qu'elle pourrait faire pour moi ?

Rien.

Oohh, it makes me wonder…

Des larmes coulent le long de mes joues. Elles descendent dans mon cou et se brisent sur ma chaîne en or offerte par ma grand-mère pour mes dix ans. Ma chaîne. Une pensée m'électrise à la seconde où le solo de guitare pulvérise la mélodie. L'argent, je vais le trouver ! Si c'est le seul argument de mon père pour me refuser ce voyage, il ne pourra plus me dire non !

5

Le lundi, je déboule avec vingt-cinq minutes de retard au cours d'art plastique parce que j'ai oublié de mettre le réveil et évidemment, il n'y a personne à la maison pour corriger mes erreurs. Je m'affale à ma table avec ma tête des mauvais jours. D'habitude, avec Mme Charnu, c'est le grand chahut en classe. Mais aujourd'hui, tout le monde parle à voix basse, presque avec retenue. Je renifle une drôle d'ambiance et je comprends très vite pourquoi : la présence des Afghans crée une gêne pesante.

Tout le monde s'affaire déjà autour de blocs d'argile rouge, posés sur les tables disposées en îlots. Ameline a pris sous son aile le plus frêle des migrants, celui qui porte des cicatrices sur son visage. Elle lui fait des gestes de la main pour le convaincre de mettre un tablier autour de sa taille. Je le vois repousser sa proposition avec des yeux horrifiés. Les trois autres Afghans ont commencé à plonger leurs doigts dans l'argile sous le regard attentif des deux adultes que j'ai croisés dans le couloir la dernière fois. Sont-ils traducteurs ? Aux bribes de conversations, je devine que ces réfugiés maîtrisent mal le français. Un seul se tient à l'écart et regarde pensivement par la fenêtre. Le garçon de l'entrepôt.

Comme si elle avait suivi mon regard, Mme Charnu s'approche de lui et le conduit vers moi dans un nuage de senteurs fleuries.

— Manoé, je te présente Hazrat ! lance-t-elle avec une voix enthousiaste.

Le garçon me fait un petit signe poli de la tête. Il est à peine un peu plus grand que moi et pas beaucoup plus épais. Pour le reste, il est mon exact opposé : la peau mate, les cheveux très noirs, alors que j'ai la tête sans surprise du gars du Nord, blond tendance houblon, les yeux bleus.

— Pas la peine de faire les présentations, je marmonne.

Mme Charnu me décoche des flèches avec ses yeux.

— C'est juste qu'on se connaît déjà ! je précise pour couper court à toute polémique.

J'ai encore en tête notre petit accrochage de la dernière fois.

Le garçon me regarde sans ciller.

Mme Charnu nous pousse tous les deux vers la dernière table laissée vacante, sur laquelle elle étend une feuille de papier journal puis y dépose un gros bloc d'argile.

— Voici votre terre ! déclare-t-elle avec grandiloquence en désignant le tas couleur boue rouge. Face à cette terre, vous êtes égaux. Il n'y a plus ni gagnant, ni perdant, ni dominant, ni dominé, ni migrants et euh de…

Mme Charnu marque un arrêt, un peu perdue dans ses explications.

— Toi Manoé, tu n'es plus l'Occidental privilégié. Toi Hazrat, tu redeviens un citoyen de plein droit. Mêlez vos mains et créez une belle énergie de groupe ! *Bellissimi rapporti !* s'enthousiasme-t-elle en faisant tinter ses bracelets.

Énergie de groupe ? Je ne l'ai jamais vue aussi exaltée. Comme Hazrat n'a rien compris à son envolée verbale, elle tente une explication en anglais.

— *In front of the* matière, *no more inequality, no injustice. Your hands together*, qui se mêlent ! *There is no poor* et *no rich, no migrants and people with a house.*

À ce moment de son discours, elle mime un toit au-dessus de sa tête.

— *Creation and matter, beyond the* frontière *! Forza ragazzi !*

Elle est frappadingue mais elle est trop drôle. Hazrat la fixe d'un air ahuri puis me jette un coup d'œil furtif. Je me mets à tressauter de rire. À son tour, il ne peut pas se retenir de pouffer.

Mme Charnu s'interrompt et regarde l'Afghan d'un air étonné.

— *I say something* amusant, euh, *funny ?*

— *Not at all !*

Le garçon me semble à l'aise en anglais. Mme Charnu hausse les épaules et s'éloigne, vexée. Hazrat et moi, on s'assoit à notre table en faisant un effort pour ne pas rire aux éclats.

Je me demande ce qu'on va pouvoir se raconter tout en creusant nos cinq continents dans cette argile collante. On opte pour ne rien se dire. De temps en temps, Hazrat me lâche quelques bribes de phrases en anglais et je lui réponds en français. Je constate qu'en matière de géographie, il est beaucoup plus instruit que moi. Sur une feuille de brouillon, il commence à dessiner les limites du continent asiatique sur lequel on est censés travailler.

— *Here, you have Turkey, Azerbaïdjan, and after, Irak, then, Iran*, énumère-t-il.

— *You know these countries ?*

— *I crossed some of them*[1].

Il fait courir deux doigts sur le croquis et me fait comprendre qu'il a traversé à pied l'Afghanistan, l'Iran et la Turquie. Je ne sais pas quoi répondre.

Une fois le croquis terminé, Hazrat m'abandonne l'argile. Visiblement, ce projet ne l'intéresse pas et, fréquemment, il jette un coup d'œil par la fenêtre. De

1. "Comment tu connais tous ces pays ?
– J'en ai traversé certains."

temps en temps, il m'adresse un sourire doux et frotte l'une contre l'autre ses mains bleuies par deux gros hématomes. Je remarque la présence d'entailles au niveau de ses doigts. D'où viennent toutes ces blessures ? Je meurs d'envie de lui poser la question et de savoir pourquoi il traînait tôt le matin à proximité de l'autoroute l'autre jour. S'il est hébergé dans un foyer à vingt kilomètres d'ici, que fichait-il à pareille heure à cet endroit ?

Hazrat remarque mon regard louchant sur ses mains blessées.

— *Thank you… The other day… you know.*

Mon cœur se met à battre. Il admet donc que c'était lui !

— Moi, pas voir voiture. Marcher… fatigué, articule-t-il dans un français hésitant.

— Tu t'es blessé ? *Hurt ?*

— *Just* mains et jambe. Mal. *That's OK.*

— *Why you walk alone ?* Si loin du foyer ? je tente en anglais.

Je suis au sommet de mes capacités linguistiques.

Son visage se crispe.

— *To try my luck*[1].

Je n'ose pas lui faire répéter, de peur de passer pour un débile. Mais là, je ne vois pas du tout ce qu'il veut dire.

1. "Pour tenter ma chance."

— *Please, don't tell anybody.*

Il passe un doigt furtif sur sa bouche pour me demander de me taire. J'acquiesce de la tête et je me remets à malaxer mon argile en silence.

Je me demande à quoi peut bien penser un garçon qui modèle des continents sur lesquels il ne trouve pas sa place. Puis je bifurque vers mes propres problèmes et je me demande comment je vais pouvoir vendre mon bijou. Il faut que je trouve trois cents euros. L'argent de poche de ma grand-mère, glissé de temps en temps dans ma tirelire, n'y suffira pas. Il y a bien ce comptoir de l'or au centre-ville… Peut-être que je pourrais aller y faire un tour ? Machinalement, je pose ma main sale sur ma chaîne, qui se retrouve immédiatement maculée d'argile. Mais quel nul ! J'appelle Hazrat à la rescousse pour m'aider à enlever le collier. Un instant, il fixe le bijou à mon cou.

— *Wait !*

Ses mains à lui sont propres et il se penche vers moi pour ouvrir le fermoir. Du menton, je lui fais signe de le mettre dans ma trousse.

— Merci. Euh, *thank you.*

Tout compte fait, je le trouve plutôt sympa, cet Afghan. On s'est rencontrés dans de mauvaises circonstances mais avec un peu de bonne volonté de part et d'autre, on devrait bien s'entendre, le temps de finir cette création artistique dont l'intérêt nous échappe à tous les deux.

6

L'affaire est délicate et je ne sais pas comment l'aborder.

En short et pull de laine, ses cheveux blonds relevés en un chignon désordonné, Quitterie fait fondre le chocolat dans une casserole avec un peu de beurre. Je connais ses gestes par cœur, elle les accomplit pour moi chaque lundi après-midi. Ce jour-là, je quitte le collège plus tôt que d'habitude et je roule à fond la caisse jusqu'à sa drôle de maison perchée sur les hauteurs du port, qui ressemble à un repaire de surfeur posé au bord du Pacifique, avec ses murs couverts de bambous, ses longboards vintage accrochés au mur et ses hamacs tendus entre deux poutres.

Pourtant, Quitterie n'est ni hawaïenne ni surfeuse, elle est monitrice de voile entre la Manche et la mer du Nord. Un jour, après ma chute sur le chemin de la Carpelette, elle m'a déposé dans un de ces pots à yaourt surmontés d'une voile qu'on appelle des dériveurs. Elle pensait que le vent glacé venu d'Angleterre ferait sécher mes larmes. Patiemment, elle m'a enseigné les courants, les manœuvres, la position du vent dans la voile, la vitesse aussi, car c'est une ancienne championne de régate.

— Bientôt, tu pourras tenter la traversée de la Manche en solitaire ! plaisante-t-elle parfois de sa voix grave.

Je ne parle pas de mes progrès à mon père. Pour lui, la voile, c'est au mieux un "sport de riches", au pire "un truc de touriste du dimanche".

— La mer, c'est pas fait pour se balader mais pour travailler !

Il a toujours des formules péremptoires. Un matin, il a été à deux doigts d'enfoncer avec son chalutier la coque d'un voilier amarré par erreur à son emplacement au port. Il a traité ses propriétaires d'"amateurs des mers" avant de les sommer de dégager au plus vite. Pourtant, chaque année, il renouvelle mon abonnement au club de voile. Il grommelle toujours un peu au moment de sortir son chéquier, il fait valoir que ça lui coûte très cher, mes lubies marines, et que je ferais mieux de me mettre au basket. Quitterie lui claque une bise sur la joue, elle lui promet qu'il y aura un retour sur investissement, qu'elle fera de moi un champion.

Mon père rougit, prend un air benêt et finit par lui tendre le chèque.

Quitterie, elle est mon fanal allumé dans la nuit.

La copine de maman éteint le feu de la gazinière, verse le chocolat chaud dans deux tasses posées sur la planche de surf qui fait office de table de cuisine. Elle passe une main affectueuse dans mes cheveux puis s'assoit en face de moi. Sans elle, j'aurais oublié ce que c'est, la douceur.

Je me lance.

— Tu sais que j'ai gagné deux places pour la finale de la Champions League ?

— Nooonnnn !!!

Quitterie se met à battre des pieds et des mains frénétiquement en poussant des youyous. Son vacarme réveille immédiatement son compagnon Christophe qui sommeille dans la chambre à côté, comme chaque après-midi depuis qu'il a perdu son boulot.

— C'est quoi ce bazar ? crie-t-il en tapant contre le mur.

Christophe a toujours eu un tempérament rugueux, même du temps où il n'était pas au chômage.

— Ça se passe où ? continue Quitterie, sans prêter attention aux protestations de l'autre côté de la cloison.

— Londres.

Une crispation sur ses lèvres, elle aussi.

— Papa ne veut pas y aller avec moi. Il dit que ça va nous coûter trop cher.

Quitterie remue nerveusement son chocolat, sans plus rien dire.

Je prends mon courage à deux mains.

— Tu ne voudrais pas y aller avec moi ?

De surprise, elle lâche sa cuillère qui échoue sur son short.

Un silence de trois secondes s'invite entre nous, suffisamment long pour que je comprenne que l'affaire l'embarrasse.

— Si ton père a dit non… C'est lui qui décide…

— Alors ?

— Alors, je sais pas mais…

Un silence à nouveau.

— C'est non ?

Quitterie me fixe d'un air penaud.

— C'est non, Manoé. Je suis désolée, comprends-moi.

Je repousse ma tasse. Ce refus, je l'avais anticipé, il me faut maintenant passer au plan B.

— Papa dit qu'il a pas d'argent pour ça.

Quitterie lève les yeux au ciel en souriant. Ce problème est aussi le sien.

— Moi, je vais lui trouver de quoi payer le voyage. Mais j'ai besoin de ton aide.

Quitterie me regarde, surprise.

— Je voudrais vendre ma chaîne. Tu sais, il y a ce comptoir de l'or en ville… Ils ne me la prendront jamais parce que je suis mineur mais toi, si tu…

Je ne sais plus comment formuler ma requête.

— Tu veux que je la vende à ta place, c'est ça ? La chaîne de ta grand-mère ? Et que dira ton père ?

Quitterie se lève, sous le coup de l'émotion. Je hausse les épaules.

— Papa, il s'en rendra même pas compte.

— Et l'argent ? Tu lui diras qu'il vient d'où ?

— J'ai ma petite idée là-dessus.

À vrai dire, je n'en sais rien.

Quitterie se met à faire les cent pas.

— On ne vend pas un bijou de famille pour aller voir un match de foot !

Elle scrute mon visage pour y déceler d'autres intentions possibles. À cet instant, je suis sûr qu'elle a vu clair dans mon jeu.

— Et d'ailleurs, elle est où ta chaîne ?

Je tâte mon cou, surpris. Puis je me souviens que Hazrat l'a glissée quelques heures plus tôt dans ma trousse. Je tire vers moi mon sac et je fouille dans mes affaires. Rien. Fébrile, je renverse le contenu de la trousse sur la table. Au milieu de mes vieux stylos rongés se trouve un paquet de chewing-gums. C'est tout.

Avec une boule d'angoisse dans la gorge, je retourne le sac à dos et je le vide entièrement sur la table.

Je me redresse, fou de rage.

— Cette enflure. Il me l'a volée !

Quitterie me regarde avec des points d'interrogation dans les yeux.

— Qui t'a volé quoi ?

— L'Afghan ! Il m'a fauché ma chaîne !

7

Toute la soirée, je réfléchis à la manière dont je vais lui dévisser la tête, à ce minable. Il a intérêt à me rendre ce qu'il m'a pris, sinon je ferai un scandale, je frapperai à la porte du proviseur et j'irai même voir la police s'il le faut. Dès demain, j'ai ma deuxième heure de cours de la semaine avec Mme Charnu. Je vais pouvoir lui régler son compte au plus vite. Pendant le repas, je ne desserre pas les lèvres, malgré les tentatives laborieuses de mon père pour engager la conversation. Il pense que je boude depuis son refus de m'emmener à la finale et il se sent vaguement coupable.

— On peut pas avaler autre chose que du hareng, de temps en temps ? je lâche, exaspéré.

Déjà trois fois cette semaine que j'avale cette mixture indigeste.

— C'est quoi ces remarques de gosse de riches ? tonne mon père.

Je me lève pour aller faire la vaisselle puis pars me coucher pour éviter d'entendre la suite de ses remarques. Nos disputes sont aussi régulières que la présence du poisson dans nos assiettes, que mon père nous recycle sous toutes les formes lorsqu'il n'arrive pas à l'écouler sur son stand au port.

À deux heures du matin, j'entends la porte d'entrée claquer puis la voiture démarrer. Le bruit du moteur se perd vite dans la nuit mais je suis mentalement le trajet du véhicule qui roule dans les rues désertes, longe les quais mouillés d'embruns et s'arrête sur le parking noir et désert à côté de la capitainerie. Dans la voiture, mon père se réchauffe maintenant avec un peu de café brûlant sorti du thermos en attendant l'arrivée de Jeff. Ce soir encore, il peut compter sur son second. Mais dans quelques jours, il devra affronter seul les vagues, le froid et la nuit.

Une anxiété poisseuse m'empêche de trouver le sommeil. Je descends au salon pour allumer la télévision, le meilleur remède à mes insomnies. À travers la baie vitrée, je jette un œil distrait sur l'extérieur et je vois la lumière briller dans le salon de la policière. Je me demande s'il lui arrive de dormir, à celle-là. Sa maison domine la nôtre et sa construction légèrement surélevée lui offre une vue plongeante sur notre jardin. Un instant, je crois apercevoir sa silhouette derrière la vitre de son salon et je frissonne.

Je n'aime pas Marine Kohller. Quand papa avait signalé au commissariat que sa femme avait quitté le "domicile conjugal", comme c'est écrit sur le papier officiel, elle avait fait du zèle et s'était pointée à la maison pour un interrogatoire de formalité, avec un rouge à lèvres un peu trop marqué. Les mains posées sur son arme pour se donner de l'importance, elle avait fait un rapide tour de la maison, plissé ses petits yeux de fouine devant le désordre ambiant, les boîtes de conserve en équilibre au bord du placard de la cuisine et les rideaux déchirés pendant au bout des tringles.

— Les tâches ménagères, c'était pas son truc, à Delphine !

À sa façon de minauder, j'avais déchiffré ce qu'il y avait derrière ces mots : je suis une femme d'ordre, vous vous en tireriez beaucoup mieux avec moi, Sébastien.

J'avais bien vu que mon père n'appréciait pas sa façon de parler de maman, mais il s'était contenté de serrer les dents. Il voulait qu'elle parte au plus vite et, à plusieurs reprises, il avait tenté d'écourter la visite. Mais Marine Kohller était restée. Un long moment même. Avec minutie, elle avait inspecté la chambre parentale, puis ma chambre, puis la salle de bains, puis le grenier. Elle avait posé tout un tas de questions saugrenues sur les habitudes de vie de maman et même sur son passé.

— Elle a été placée dans une famille d'accueil quand elle était jeune, non ?

Je ne comprenais rien à ses sous-entendus et je ne savais pas pourquoi elle s'attardait comme cela. Elle semblait prendre un malin plaisir à contempler notre malheur.

Lorsqu'elle avait suggéré à papa de venir prendre l'apéritif chez elle pour se changer les idées, comme "ça se fait entre voisins", je n'avais pas aimé son ton mielleux et j'avais compris ses intentions. Mais papa avait décliné froidement son invitation et l'avait raccompagnée à la porte d'entrée. Il n'aurait pas pu lui adresser un message plus clair : s'il cherchait une consolation à son drame, ce n'était pas auprès d'elle qu'il la trouverait. Le visage de Marine Kohller avait viré au vert tellement elle était vexée. Son regard, lorsqu'elle avait quitté la maison, m'avait cloué sur place. Il semblait me dire : toi, je t'ai à l'œil. Comme si j'y étais pour quelque chose si papa lui fermait la porte au nez.

8

— Ta mère, on dirait une actrice d'un vieux film, m'avait fait remarquer Ameline, le jour de la fête de l'école il y a six ans.

Ce jour-là, ma mère était montée sur scène alors qu'elle n'était pas prévue au programme et avait interprété une chanson devant le micro tendu par Mme Charnu. "Memory", de la comédie musicale *Cats*. Je connaissais les paroles par cœur, depuis le temps qu'elle fredonnait le morceau à la maison. J'étais monté à dix sur l'échelle de la honte à la voir jouer les vedettes avec sa robe pailletée et sa coupe de cheveux rétro devant toute l'école primaire et le parterre des maîtresses. Dans la salle, des applaudissements polis et gênés avaient salué la fin de sa prestation.

Elle était comme ça, ma mère, incapable de cocher les cases de la normalité. La plupart du temps, ses bizarreries m'amusaient, surtout lorsqu'elle transformait le salon en décor de cinéma et se mettait à chanter et à danser. Parfois, elle m'embarrassait. J'aurais voulu descendre dix kilomètres sous terre lorsqu'elle se mettait à fredonner à voix haute au milieu d'un bus ou à se déhancher en attendant son tour à la caisse du supermarché. Elle se donnait en spectacle avec un je ne sais quoi d'un peu fêlé.

La plupart des mères conduisaient leurs fils aux entraînements de foot, elles leur préparaient des gâteaux et signaient leurs carnets de correspondance. La mienne ne regardait jamais mon cartable, elle oubliait de se lever le matin pour me préparer mon petit-déjeuner et me laissait faire du skate dans le quartier jusque tard dans la nuit sans se préoccuper de savoir à quelle heure j'allais rentrer. Parfois même, elle disparaissait toute la journée et me laissait préparer les repas seul.

Elle n'avait pas le temps de s'encombrer avec les choses du quotidien, ni avec un fils un peu trop demandeur de câlins et d'attention. Elle avait d'autres urgences comme visionner des dizaines de comédies musicales sur l'écran géant installé par papa dans le salon. Au retour de l'école, je ne devais faire aucun bruit en ouvrant la porte d'entrée et je me glissais comme un intrus à côté d'elle sur le canapé, dans le salon plongé dans la pénombre, pour regarder les images défiler sur la toile tendue au mur. Je ne comprenais pas toujours très bien les histoires, je ne trouvais pas toujours les actrices très jolies mais je restais là pendant des heures, attendant le moment où la main de ma mère viendrait se poser distraitement dans mes cheveux. Je m'invitais dans sa vie, je me sentais comme un voleur prêt à tout pour lui dérober quelques moments d'intimité.

Quand mon père rentrait du port, la magie était rompue. Ma mère s'enroulait autour de lui comme un serpent pour l'étouffer de ses plaintes. Elle se sentait vide, elle n'avait aucun avenir dans cette ville morne, elle gâchait sa jeunesse et son talent artistique, quand est-ce qu'il allait lâcher ce bateau et ces poissons qui ne lui rapportaient pas un sou ? Quand allaient-ils pouvoir s'inventer une nouvelle vie, dans une vraie ville, comme Paris, Londres ou Los Angeles ? Là-bas, elle aurait sa chance ! Elle pourrait trouver une place dans une troupe ! Tenter de percer le milieu de la comédie musicale !

"Papa, vends ton bateau, je t'en supplie", je murmurais à voix basse. La détresse de maman me faisait mal au ventre. Mais papa disait les mots qu'il ne fallait pas. La mer, c'était toute sa vie, il ne savait rien faire d'autre... Il promettait de s'arranger pour qu'on puisse partir en vacances, mais davantage, non, ça lui était impossible.

— Delphine, tu le savais bien quand tu m'as rencontré !

Mais Delphine s'entêtait, elle disait qu'elle avait signé un contrat de dupes. Je mâchais ces mots et je ruminais ma colère contre mon père. Quoi, il avait roulé maman dans la farine ?

De temps en temps, ma grand-mère nous rendait visite et je l'entendais sermonner son fils derrière la porte de la cuisine.

— Mais quand est-ce qu'elle va prendre un boulot ? Ça ne la gêne pas de vivre à tes crochets ? Et le gosse, elle pourrait pas mieux s'en occuper ?

— Ne t'occupe pas de ça, la rabrouait mon père.

Mais ma grand-mère insistait, elle qui comptabilisait quarante ans de vie professionnelle comme femme de pêcheur.

— Mais où es-tu allé chercher une starlette pareille ? Elle se prend pour Catherine Deneuve ? Elle n'est pas faite pour toi ! Votre mariage, c'est celui de la carpe et du lapin !

J'étais allé lire l'explication sur internet : mon père et ma mère étaient comme deux espèces que tout opposait. Longtemps j'ai imaginé ma mère dans la peau du poisson parce que carpe est un nom féminin. Mais je me trompais. Dans cette histoire, le lapin, c'était elle. Et comme les lapins, elle a fini par détaler.

9

À sept heures du matin, la cloche du beffroi me sort des brumes et du canapé sur lequel je me suis endormi. Je boucle mon sac, avale un bol de céréales avant de claquer la porte d'entrée. Sur mon vélo, je fais le tour des stratégies possibles et je me rends compte qu'elles sont peu nombreuses : si je coince Hazrat dans le couloir de l'école, les adultes me tomberont immédiatement dessus. Si je le menace discrètement pendant l'heure de cours, il fera semblant de ne rien comprendre à mon français. Déposer une plainte au commissariat… quelle preuve je pourrais avancer ? Est-ce qu'on peut faire une perquisition dans un foyer accueillant des réfugiés ?

Et après tout, si je me trompais ? Si la chaîne était tombée par terre ? Si quelqu'un l'avait ramassée ? Mille hypothèses se bousculent dans ma tête, qui m'accompagnent jusqu'à la porte de la classe. Sur le seuil, mon cœur se met à battre un peu plus fort. L'idée de devoir m'asseoir à côté de ce fumier me met les nerfs en boule. J'observe les élèves, qui ont commencé à étaler leurs créations argilo-artistiques sur les tables.

Mme Charnu se précipite vers moi, l'air catastrophé.

— Ah là là, Manoé, *un disastro* !

— Un *disasstro* ?

Je n'ai pas l'intonation italienne de Mme Charnu.

— Hazrat ne viendra pas. Tu vas devoir terminer ton travail tout seul.

— Pas là ? Mais… mais il reviendra quand ? je bafouille.

Mme Charnu fait une drôle de moue, on dirait qu'elle va se mettre à pleurer.

— Il est malade ? Il a eu un accident ?

— Pire que ça, souffle Mme Charnu.

Un instant, j'ai la gorge nouée.

— Il s'est enfui de son foyer, ajoute-t-elle.

— Enfui ?

— Oui, il a fugué.

Toute la défaite de son projet artistique se lit dans les yeux de Mme Charnu.

À la fin des cours, je fonce au club de voile en espérant y trouver Quitterie. Je prends la route côtière en poussant à fond sur les pédales. Habituellement, j'aime faire un crochet par la dune pour observer la mer et le ballet des cargos et des ferries. Mais la colère m'empêche de profiter du paysage. Arrivé au plan d'eau qui sert de zone d'entraînement, je constate que les planches à voile ont déjà été nettoyées et rangées dans le hangar. La porte du club-house est ouverte, j'entre sans frapper.

— Il y a quelqu'un ?

Je m'approche du vestiaire où des douches et des lavabos sont mis à disposition des membres du club. Quitterie est plantée devant la machine à laver qui tourne. Un panier de linge est posé à ses pieds avec des culottes, des chaussettes et des robes. Pas vraiment le genre de tenue qu'on nettoie ici. Elle sursaute à mon arrivée.

— Manoé, mais qu'est-ce que tu fais là ? Tu m'as fait peur !

Malgré l'éclairage blafard de l'ampoule, je vois le rouge sur ses joues. Elle semble gênée.

— Si un migrant s'enfuit d'un foyer d'accueil, c'est pour aller où, d'après toi ?

Quitterie me regarde avec des yeux stupéfaits puis se ressaisit.

— Tu t'intéresses au sort de ces gens-là ?

Je perçois un soupçon de moquerie dans la voix.

Quitterie me parle parfois de ces hommes et de ces femmes qui échouent ici après des mois de voyages à travers l'Afrique, l'Asie puis l'Europe. Ils vivent dans ce qu'on appelle la Jungle, un territoire au bord de la ville qui ne ressemble en rien à l'idée qu'on peut se faire d'une forêt verte et luxuriante avec des éléphants, des panthères et des fleurs tropicales.

— Cet endroit, c'est l'enfer sur terre.

Elle va y donner un coup de main le vendredi avec les bénévoles de son association, pour distribuer des repas chauds. Après ces soirées, elle met du temps à retrouver son sourire.

Quitterie s'appuie contre la machine à laver en soupirant.

— Certains réfugiés se lassent d'attendre dans un foyer une demande d'asile en France qui n'aboutira peut-être pas. La procédure est très complexe.

— Et ils vont où dans ce cas ?

— La plupart retournent dans la Jungle. Coûte que coûte, ils veulent passer en Angleterre. Là-bas, ils ont souvent de la famille, des réseaux. Et il leur est plus facile de parler anglais.

— Tu m'as dit que c'était horrible, la Jungle !

Quitterie me jette un regard presque courroucé.

— Tu crois qu'ils ont le choix ? Leurs familles se sont sacrifiées pour qu'ils réussissent à atteindre l'eldorado !

L'eldorado, l'Angleterre ? Il y pleut tout le temps, paraît-il. Encore plus qu'ici.

Je prends ma respiration.

— Je pourrais t'accompagner un de ces jours à la soupe populaire ?

— Pas question. Ce n'est pas un endroit pour toi.

Elle a parlé d'une voix presque agressive. Elle scrute mon visage.

— Pourquoi tu me poses toutes ces questions, Manoé ?

J'hésite.

— C'est cet Afghan, tu sais, je t'en ai parlé... Celui qui m'a raflé la chaîne.

— Il a fugué ? C'est ça ?

Je hoche la tête.

— Tu sais, ces adolescents, il faut bien qu'ils survivent dans la Jungle...

Elle me regarde fixement, saisie d'un doute.

— Tu as quoi derrière la tête ?

Quitterie, nerveusement, ouvre le bouchon du détergent qui traîne sur la machine.

— Mano, si tu me laisses un peu de temps, je vais t'aider à le financer, ce voyage, murmure-t-elle.

Mes yeux se posent sur le panier de linge.

— Ah ouais et comment ? Tu comptes faire une demande de prêt à la banque ?

Quitterie devient blanche.

— Tu viens faire tes lessives ici parce que tu ne peux même pas te payer une nouvelle machine à laver. Alors comment veux-tu me filer trois cents balles ?

J'en ai assez de voir les adultes autour de moi se débattre avec des problèmes d'argent. Je n'en peux plus de ne pas trouver de solution à mon problème.

Ça me rend méchant. Je regrette aussitôt ce que je viens de dire en voyant les yeux de Quitterie se remplir de larmes. La honte me fait tourner les talons.

10

Dans les contes de mon enfance que me lisait mon père, la forêt était un lieu d'abomination dont il ne fallait pas s'approcher sous peine d'être dévoré par un ogre sans pitié ou par un loup cruel. Mais il y avait toujours une bonne raison pour pousser Hansel et Gretel ou le Petit Poucet à aller se perdre dans les bois. Moi aussi j'ai mes raisons. Même si la Jungle réveille mes peurs d'enfant, je dois m'y rendre pour récupérer ce qui m'appartient.

J'enfourche mon vélo et je prends la route qui sort de la ville et mène tout droit au campement de réfugiés, à proximité du tunnel et de la zone portuaire. Il a plu ce matin et les arbres gorgés d'eau semblent recroquevillés sous l'effet de l'humidité. Un vent venu de terre charrie une odeur écœurante et le ciel privé de soleil ressemble à une tôle d'acier opaque. J'ai la sensation de pénétrer dans un territoire maléfique. Seul le sifflement du garde-boue frottant contre ma roue vient rompre le silence. La peur contracte mon estomac. J'ai entendu dire que la violence impose sa loi dans cette terre sablonneuse battue par les vents.

Quand j'arrive à l'entrée du camp principal, j'ai un choc. La réalité est pire que tout ce que j'avais imaginé. Le paysage est un mélange de boue, de détritus, de saletés, comme si tous les égouts du monde s'étaient déversés ici. Des tentes usées, vertes et bleues, forment comme des cloques le long de chemins encombrés de bidons, de sacs en plastique et de restes d'emballages de nourriture. Au loin, des arbres tendent leurs branches noires vers le ciel. Un spectre surgirait des entrailles de la terre que cela ne m'étonnerait pas.

À gauche sur une bande de terre, un groupe de garçons joue avec une batte bricolée à un drôle de jeu qui ressemble à du cricket. Quitterie m'a parlé de ces mineurs pas forcément plus âgés que moi, qui ont fui leur pays à cause de la guerre ou de la dureté de leur vie. Ils ont tout quitté, traversé une partie de l'Afrique ou de l'Asie pour échouer ici, seuls, sans argent, désespérés de ne pas réussir à traverser la Manche.

Les garçons se mettent à vociférer dans une langue que je ne comprends pas. Visiblement, il y a litige autour d'une balle. Leurs vêtements sont sales, leurs gestes brusques et vengeurs. Je prends mon courage à deux mains.

Je m'approche d'un garçon plus petit que les autres, assis sur un bidon en plastique. Il n'a que la peau sur les os, ses bas de pantalon sont couverts de boue. Il porte sur moi un regard éteint, presque sans vie.

— Est-ce que tu connais un garçon qui s'appelle Hazrat ?

Le garçon fait de la main un geste impuissant. Il ne comprend pas ce que je veux dire. Dans l'instant, tous les regards sont braqués sur moi. Sur le terrain improvisé, le jeu et la bagarre cessent. Mon cœur bat à tout rompre.

— *Hazrat ? Afghanistan ? Do you know ? About thirteen years ?* je lance à la cantonade d'une voix forte.

Je porte un doigt devant mon œil pour leur faire comprendre que je le cherche.

Les garçons s'approchent et forment un cercle autour de moi. Ils me dévisagent avec un mélange de curiosité et de méfiance. Leurs yeux inquisiteurs se posent sur mes habits propres, ma parka épaisse. Leurs vêtements à eux dégagent une odeur âcre.

L'un d'entre eux, le plus grand, part d'un rire aigu.

— *Hazrat ? Three hundreds Hazrat here !*

Les autres s'esclaffent à leur tour, mais leurs rires fatigués s'épuisent dans leur gorge. C'est bon, j'ai compris. Des Hazrat, il y en a à la pelle dans le camp, il faut que je sois plus précis.

— *He was in a school. Jules Ferry. First, he was in a* foyer.

Juré, je vais me mettre à l'anglais dès les prochains jours.

Dans les rangs, certains haussent les épaules. Un gaillard, portant un blouson noirâtre qui a dû être jaune à une certaine époque, se détache du groupe et s'approche de moi. Ses yeux brillent d'un éclat étrange.

— *I can help you. But where is the money ?*

Je le regarde d'un air penaud. De l'argent ? Je sors de ma poche un billet de cinq euros. Toutes mes économies. Le garçon fronce les sourcils, son visage se durcit. Il m'empoigne le bras et ses doigts s'enfoncent dans ma chair.

— *More money ! More money !*

Les autres approuvent de la tête et se resserrent en mêlée compacte, m'arrachant au passage le billet de cinq euros. Leurs regards me fixent sans bienveillance. D'un geste nerveux, je me dégage de l'étreinte du gaillard et je tente de briser le barrage qui s'est formé autour de moi. Mais l'un des garçons me barre la route. Je sens la panique m'envahir.

Soudain, une voix traverse les rangs, claire, autoritaire. Je ne sais pas ce qu'elle déclare mais dans l'instant, mon comité d'accueil se tait. Le garçon qui vient de parler fend le cercle et tout le monde s'écarte sur son passage. Visiblement, il en impose. C'est peut-être leur chef… Son apparence est plus soignée que celle du reste des joueurs. Il porte un blouson de cuir et des lunettes noires qui lui donnent l'allure d'une rock star. Ses cheveux sont soigneusement ramenés en arrière.

— *Hazrat, from* foyer Saint-Romer ?

Il parle quelques mots de français ! J'approuve de la tête.

Le garçon soulève ses lunettes, fixe sur moi un regard pénétrant mais pacifique.

— *I know him, he's my friend. Come on !*

Il fait signe à ses troupes de me rendre le billet de cinq euros.

— *Keep your money.*

J'ai une seconde d'hésitation. Est-ce que je peux lui faire confiance ? Est-ce un piège ? Les garçons retournent à leur jeu et j'emboîte le pas de leur chef présumé.

— *Hamid. I'm from Afghanistan.*

— *Manoé. I'm French.*

On marche en silence sur un sentier boueux, en laissant sur notre droite le campement de tentes. J'avance avec une boule au ventre en me demandant pourquoi je suis venu me mettre dans un pétrin pareil. C'est comme en classe, avec les profs, il faut toujours que je franchisse les limites ! Et si jamais je mets la main sur Hazrat, je lui dis quoi ? "Salut mon gars, je viens récupérer mon bijou. Tu peux être sympa de me le donner ?"

Hamid jette régulièrement des coups d'œil à droite et à gauche, comme à l'affût d'un danger. Le paysage est gris. L'air humide est chargé d'une odeur où se mêlent des relents de poubelles et de sel marin. Au loin, j'aperçois les contours de baraquements et, plus loin encore, au-delà des dunes, les fumées blanches dégagées par les usines. Hamid marche d'un pas nerveux et ses bottes de cow-boy font un drôle de chuintement dans la boue.

On bifurque vers un terrain marécageux bordé de buissons sombres. Çà et là, quelques bâches de plastique claquent dans le vent. Des restes de boîtes de conserve et des haillons de vêtements traînent au milieu des herbes. Comme le Petit Poucet, j'aimerais bien semer quelques cailloux pour retrouver ma route et pouvoir rentrer chez moi.

— *Why looking for Hazrat ?*

Hamid me pose deux fois la question avant que je comprenne.

— *Because. To talk.*

Heureusement, il n'insiste pas car je ne sais pas ce que je pourrais lui dire de plus. Il accélère la cadence, en jetant des regards inquiets vers un ensemble de baraquements en bois construits entre des arbres dénudés.

— *Dangerous here. Man dangerous.*

Je frissonne. Hamid tend son doigt.

— *Hazrat is just…*

Il n'a pas fini de prononcer sa phrase qu'un homme surgit derrière nous. Je ne sais pas d'où il vient, ni comment il a pu approcher sans se faire remarquer. Une ombre sortie des ténèbres. Il est grand, squelettique, répugnant. Ses cheveux gris emmêlés tombent sur ses épaules comme des branches mortes. Ses vêtements se réduisent à des lambeaux de tissus qui laissent deviner ses cuisses et son ventre.

Il tient à la main un couteau. Mais le plus inquiétant, c'est le chien qui l'accompagne. Ses babines retroussées laissent échapper des grognements et ses yeux n'inspirent rien de chaleureux. Lui aussi semble tombé du ciel.

— *Run !*

En une fraction de seconde, Hamid détale. Je reste les jambes clouées au sol. Paralysé de terreur. J'ai les yeux fixés sur le couteau qui brille dans la clarté pâle.

L'homme grimace affreusement.

— File-moi ta veste !

Le paysage se met à chavirer. En tremblant, je retire ma parka.

— Tes chaussures !

— S'il vous plaît ! je réussis à articuler.

Mes mâchoires s'entrechoquent.

— Tes pompes, j'ai dit !

Un peu de bave coule de sa bouche. Son chien efflanqué montre les crocs. Un geste de trop et l'animal peut me réduire en miettes.

D'un coup, deux silhouettes surgissent des arbres. Je vois une batte s'élever au-dessus de la tête de l'homme puis s'écraser sur son crâne. Le chien bondit sur les agresseurs. Un instant, je me dis qu'il va leur déchirer la peau mais un objet en bois s'abat sur ses côtes à plusieurs reprises. La bête recule puis se met à japper autour de son maître. L'homme gît par terre, inanimé.

— *Come on ! Run !*

Je reconnais Hazrat et Hamid.

L'un d'entre eux m'attrape violemment le bras pour me sortir de mon inertie.

On court comme des lapins à travers les sentiers de sable, indifférents aux branches des arbustes qui nous écorchent le visage. À un croisement, Hamid nous fait un signe d'adieu de la main et bifurque sur la droite en direction des dunes. Hazrat et moi, on continue tout droit vers l'alignement de tentes et l'entrée du camp qui me semble soudain formidablement accueillant.

11

Hors d'haleine, je m'appuie contre le guidon de mon vélo pour reprendre mon souffle. Hazrat, lui, se masse la jambe. Sans doute que cet effort musculaire a réveillé la douleur.

— *Thank you*, je bafouille.

Un sourire furtif passe sur les lèvres de l'Afghan. Il me tapote gentiment l'épaule comme si tout ça n'était pas grand-chose, à peine un petit service rendu.

— *That's OK.*

Un instant, l'image me revient de cet homme aux yeux de démon et un frisson froid parcourt mon dos.

— Peut-être il est mort ? *Dead ?*

Hazrat hausse les épaules.

— Non, *not dead. Just... KO.*

— *You know* ce mec *?*

— *Yes. Crazy.*

Il tapote du doigt son front pour me signifier que l'homme a perdu la tête.

— On devrait appeler le Samu ! *Urgency !*

Hazrat secoue sa tête avec véhémence.

— *Urgency ? No !! I don't want troubles.*

— *What ?*

— *Troubles. Problems.*

Sur la bande de terre, les jeunes ont repris leur partie de cricket. Le soleil fait une percée timide qui ne réchauffe pas pour autant ce paysage désolé. J'ai envie de sortir d'ici au plus vite mais je n'ai pas oublié la raison pour laquelle je suis venu.

— Ça te dit d'aller boire un coca ?

À mon geste, il dit oui aussitôt.

Ensemble, on sort du camp et on remonte la longue route déserte que j'ai empruntée un peu plus tôt dans la matinée. L'air a pris un goût de mer salée.

Hazrat rabat la capuche de son sweat-shirt sur la tête comme s'il voulait passer incognito. Ses baskets sont noires de boue et son blouson est déchiré aux coudes. Depuis son départ de l'école, son allure vestimentaire en a pris un coup. À côté de lui, je suis vêtu comme un modèle de catalogue.

On marche en silence pendant un moment, moi poussant mon vélo et lui scrutant la route avec inquiétude, jusqu'à arriver à la plage. Je ne sais pas comment lui poser la question qui me brûle les lèvres et après ce qu'il a fait pour moi, ma colère est retombée. Au loin, on aperçoit le front de mer et ses maisons balnéaires alignées comme de gros berlingots le long de la jetée.

Je lui fais signe de me suivre. À quelques mètres, il y a la baraque à frites "Chez Jo", où mon père m'emmène de temps en temps le dimanche midi pour avaler un burger ou des fricadelles, quand le frigo est vide. "C'est mieux que le fast-food et ça fait travailler un gars du coin", estime-t-il.

Il n'est pas encore onze heures du matin et Jo est déjà aux commandes de sa rôtissoire d'où s'échappe une odeur de friture qui chatouille agréablement les narines. J'ai atrocement soif et la gorge me pique. Je m'approche du comptoir décoré d'une guirlande lumineuse et j'observe la rangée de canettes proposées à la vente. Je me tourne vers Hazrat pour prendre son avis.

Il regarde fixement la nourriture étalée devant lui, les sandwichs épais fourrés de viande et de mayonnaise, les frites gorgées d'huile. Je le vois fermer les yeux, inspirer longuement puis perdre l'équilibre.

Je le retiens, avant qu'il ne s'écroule.

— Ça va, petit ? lance le patron de la friterie, surpris.

Hazrat a fait un oui un peu vague de la tête en se redressant le plus vite possible.

— Ces gosses d'aujourd'hui ! Ils n'avalent rien le matin et après ils ont des vapeurs !

Hazrat, pâle et les yeux cernés, s'agrippe à mon épaule. Sans doute qu'il craint de basculer à nouveau.

Le patron de la friterie louche sur son visage et son blouson rapiécé. Il se tourne vers moi.

— Bon alors, tu prends quoi ?

J'hésite une seconde. Tant pis pour le coca.

— Avec cinq euros, je peux avoir un de ces sandwichs, avec du bœuf, des œufs et des oignons ?

Il est vendu six euros, c'est écrit en gros sur l'étiquette mais je tente ma chance.

— Tu veux dire le double burger, le spécial ?

Jo me fait signe qu'il est d'accord pour me faire une ristourne. Il ouvre le pain et y fourre une quantité généreuse d'oignons dorés et deux steaks énormes. Je prends le sandwich dégoulinant de viande, de ketchup et de mayonnaise et je le tends à Hazrat, dont les yeux se mettent à briller.

— Tiens, prends ça aussi, gamin.

Jo pose sur le comptoir deux grandes barquettes de frites et deux canettes de coca.

— Mais… je n'ai pas assez…

— Cadeau de la maison. Ton copain a visiblement besoin de se requinquer.

Je lui tends mon billet de cinq euros, avec un sourire plein de reconnaissance.

Je repense aux contes de mon enfance. Il s'y trouvait toujours un personnage pour venir en aide aux enfants perdus. Pour rien en retour, juste par bonté.

On va s'asseoir sur le muret de pierre au bord de la plage où sont alignées des cabines de bois blanc aux planches délavées rongées par le sel. Au large, un ferry surdimensionné bouche l'horizon. Hazrat se jette sur le sandwich comme s'il n'avait pas mangé depuis des jours. Ses mains sont tailladées et ses ongles sont noirs de crasse. J'attends qu'il engloutisse deux ou trois énormes bouchées avant de lui dire ce qui me tord les intestins.

— Je veux récupérer ma chaîne.

Une fois encore, je dois recourir aux gestes pour me faire comprendre.

Hazrat s'arrête de manger, fixe la mer grise puis articule en français.

— Vendre. Pas chaîne.

Au moins, c'est dit avec franchise. Il aurait pu me raconter n'importe quoi, faire semblant de ne pas comprendre. Eh bien non, il plaide coupable.

D'une certaine façon, il est honnête. Et cette honnêteté me déconcerte.

— Ah...

Hazrat observe le gros ferry au ventre gonflé de véhicules et de passagers qui lentement se rapproche de l'Angleterre.

— Moi, pas voleur.

Ouais, alors c'est quoi sa définition d'un voleur ? Il me l'a quand même fauché, ce cadeau de ma grand-mère.

— Alors donne-moi l'argent. *Money. Give me back !*

Hazrat se tourne vers moi avec une mine contrite.

— Plus argent. Donné. Passeur. Angleterre.

Il poursuit ses explications en anglais, lentement pour que je comprenne. Il a tout donné à un passeur, un de ceux qui contrôlent les parkings près du terminal du ferry où stationnent les poids lourds prêts à passer en Angleterre. Donner l'argent à un passeur, c'est obtenir son aide pour aller se cacher dans une remorque, à l'insu du chauffeur. Il n'a jamais voulu se glisser sous un camion, il a peur de mourir écrasé.

Il m'explique posément qu'il a tenté des dizaines de fois de monter clandestinement dans un véhicule depuis qu'il est arrivé ici. Cette fois encore, il a été intercepté par la police ou les douaniers car ils ont des caméras et des chiens qui repèrent la présence des migrants. C'est difficile de leur échapper. Le jour où il a failli mourir écrasé par notre voiture, il revenait d'une de ces expéditions, après avoir marché vingt kilomètres dans la nuit pour partir du foyer. Il était tellement épuisé et découragé qu'il avait traversé sans regarder.

Je ne sais pas pourquoi il me raconte tout ça. Pour se donner des circonstances atténuantes ? Il a utilisé mon argent pour se bâtir un avenir. La belle affaire ! Au final, il a tout perdu et moi aussi.

— Pourquoi tu n'es pas resté dans ton foyer ? *Why escape*… foyer[1] ?

1. "Pourquoi échapper… foyer ?"

Hazrat fait craquer ses doigts.

— *No future here. Waiting for too long…* Asile et papiers en France. *And part of my family is overthere*[1].

Du doigt, il me montre l'horizon.

— *And now ? You want to do what ?* j'ai demandé.

— Trouver argent encore. Recommencer.

Il se débrouille plutôt bien en français. Il m'explique que dans son foyer où il est resté deux mois, il a eu droit à des cours d'initiation. Sans plus rien nous dire, on laisse notre regard errer sur la mer. L'Angleterre nous échappe à tous les deux. Pas de fée pour transformer nos citrouilles en poids lourds, en Eurostar ou en ferry.

— Moi aussi *I need money.*

Hazrat tourne vers moi des yeux surpris, attendant la suite. Mais je m'arrête là.

Je ne peux pas lui avouer que j'ai du mal à la traverser, cette Manche de mes fesses. Il me rirait au nez en me disant qu'il me suffit de sortir mon passeport de l'Union européenne. On continue d'observer la mer en grignotant nos frites puis quand la barquette est terminée, on se regarde, un peu embarrassés. On n'a plus trop grand-chose à partager, il est temps de se séparer.

— *I go back to my home.*

1. "Pas de futur ici. Attendu trop longtemps. Une partie de ma famille est là-bas."

Je me lève et Hazrat se lève à son tour. Il me fait un bref salut de la tête mais dans le même temps je lui tends ma main. Il la serre avec vigueur.

— *So sorry for what I did. So sorry.*

Il me regarde d'un air profondément désolé.

— Salut.

Je m'éloigne en direction de mon quartier et je tourne la tête une dernière fois. L'Afghan s'est assis à nouveau sur le muret. Je réalise qu'il n'a nulle part où aller, mis à part ce campement de misère où l'attend sans doute une tente en tissu ou un abri de bois battu par les vents. Je pense à ma maison, aux draps de mon lit, à la douche chaude. C'est la première fois que j'apprécie de rentrer chez moi. Je longe le front de mer et je dépasse les cabines de bains. Je me retourne encore. Hazrat est toujours assis sur le muret, le regard fixé sur la mer, le dos légèrement voûté.

Je ne peux pas le laisser comme cela.

— Euh... j'ai un sac de couchage qui me sert à rien. Tu veux que je te le file ?

L'Afghan se retourne, surpris de me voir revenir.

— *You want a* couverture *to sleep ?*

Il me regarde et une ombre passe sur son visage. Il devine que la pitié m'a fait rebrousser chemin et il se sent blessé. Une seconde, il ferme les yeux pour oublier l'humiliation. Puis il les ouvre et lentement, il me fait oui de la tête.

12

Je préfère rejoindre mon lotissement par l'arrière en passant par la cité du Bel-Étang et ses tours décrépies qui ne jouissent pas d'une très grande réputation. Non pas que je préfère, par goût personnel, déambuler dans les quartiers les plus délabrés de la ville mais je me dis que Hazrat s'y sentira plus à l'aise. L'endroit ne respire pas l'aisance et des gens comme lui, mal fagotés et malmenés par la vie, on en croise pas mal sur les trottoirs et devant les magasins aux façades taguées.

— *It's an* endroit chaud, *like* Corbeil-Essonnes ou le Bronx, mais en plus petit, j'explique à Hazrat.

L'Afghan m'écoute avec un air perplexe. Apparemment, la ville de Corbeil-Essonnes, ça ne lui dit rien. Ou bien c'est ma phrase tout entière qui ne lui revient pas.

Je n'ai pas l'habitude de marcher en ville avec un étranger qui ne parle pas la même langue que moi et la situation est assez embarrassante. On marche côte à côte sur le trottoir du boulevard Servier, mais il y a trop de monde, l'Afghan est craintif. Je lui fais signe qu'on va traverser au feu pour continuer la descente plus tranquillement de l'autre côté du cours. Une fille très grande, perchée sur des talons hauts, est déjà arrivée au passage clouté, elle appuie distraitement sur le bouton d'appel des piétons tout en discutant au téléphone de façon animée.

Soudain, sur la gauche, un grondement sourd se fait entendre. Puis une pétarade. En une fraction de seconde, une moto cross déboule dans un boucan d'enfer. Aucune voiture ne freine sa course folle, elle doit être lancée à cent kilomètres-heure ! La fille aux talons hauts ne l'a pas vue ni entendue, elle est trop absorbée par sa conversation au téléphone et rit à gorge déployée.

Le signal piéton passe au vert, la fille s'engage sur le passage clouté. La moto n'est plus qu'à quelques mètres du feu et à cet instant, je comprends qu'elle ne s'arrêtera pas. Je reste pétrifié. Je ferme les yeux. Je ne veux pas voir.

Quand je les ouvre à nouveau, c'est pour voir Hazrat attraper la fille par l'épaule et la tirer violemment en arrière. La moto frôle la jeune femme. Cinquante centimètres de plus et c'était la boucherie. Son conducteur tourne la tête en arrière, son visage est caché sous une cagoule. Une seconde, il calme sa monture fumante. Il hésite peut-être à s'arrêter ? Puis sa main se tord sur la poignée d'accélération. Dans un nuage de gaz d'échappement, la moto reprend sa course folle au milieu des véhicules jusqu'à ne plus être qu'un point noir dans la circulation.

Dans l'élan, Hazrat est tombé à la renverse sur le trottoir, la fille dans ses bras.

— Gros malade ! je crie à l'intention du motard qui a déjà disparu.

— Assassin ! hurlent des passants derrière moi.

Hazrat lui aussi est épouvanté. Mais c'est de voir la fille affalée sur lui. Il la tient comme s'il avait entre les bras un sac de dynamite.

— *Please, help me !* me crie-t-il.

J'aide la jeune femme à se redresser doucement. Sous le choc, elle se met à pleurer. Elle s'agrippe aux épaules d'Hazrat qui s'est relevé à son tour. Elle lui balbutie des tas de remerciements. Il lui a sauvé la vie, il est un ange tombé du ciel ! Un attroupement se forme autour de nous, quelqu'un suggère d'appeler la police. Le numéro d'immatriculation de la moto a-t-il été relevé ? demande un autre. Hazrat est mal à l'aise, il me fait signe qu'il veut s'en aller au plus vite.

— Non, ne partez pas ! crie la jeune femme en nous voyant effectuer un demi-tour discret.

Elle s'avance avec précipitation vers nous.

— Comment je peux te remercier ? dit-elle en se tournant vers Hazrat.

J'ai envie de lui dire qu'en lui glissant un ou deux billets dans la main, elle pourrait faire son bonheur. Mais la fille a une autre idée en tête. Elle dévisage son sauveur, elle semble réfléchir.

— Viens, je t'offre une coupe de cheveux dans mon salon, c'est juste là !

Je traduis laborieusement à Hazrat et, devant sa tête effarée, je me mets à rire.

— *Come on, you need it !* insiste la fille, qui a compris que le garçon ne parle pas français. *My name is Kenza.*

Dans le local où s'activent déjà trois employées dans une atmosphère saturée d'odeur de shampoing, Hazrat a un mouvement de recul.

— *But they are all women !*

Je le regarde sans comprendre.

— *Women can't cut men's hair*[1] *!*

Hazrat m'explique précipitamment qu'il n'a pas l'habitude de voir des femmes toucher des hommes ainsi. Cette proximité physique lui semble même choquante. Je le regarde, stupéfait. Il vient d'où pour faire une remarque pareille ? D'une exoplanète ?

Je n'ai pas le temps de lui répondre car la fille se plante devant lui.

— Bon alors, mon ange, tu la veux comment ta coupe ?

1. "Les femmes ne peuvent pas couper les cheveux des hommes !"

Hazrat me regarde, paniqué. La fille fait la moue en posant une main dans ses cheveux.

— Vu ton état capillaire, on va commencer par un soin. Allez, zou, en place !

Trois visages féminins se penchent au-dessus d'Hazrat, examinent son cuir chevelu. Des doigts s'agitent sur ses cheveux. On le recouvre de mousse, on lui masse la nuque puis Kenza l'enveloppe dans un peignoir et coupe une à une ses trop longues boucles noires. Hazrat est aussi raide qu'un spaghetti pas cuit, les yeux rivés sur ses chaussures. Il souffre le martyre.

Je rigole et j'en rajoute.

— *You want a blond colour ? Or a* coupe à l'iroquoise ?

Sur mon téléphone portable, je lui montre une coupe pour hommes proposant une crinière se déployant en éventail à une hauteur d'au moins quinze centimètres.

— *It's famous in Irak*, regarde, c'est écrit !

— *But I don't come from Irak !* s'énerve Hazrat.

Visiblement, il ne comprend pas mon humour.

Soudain un vrombissement furieux fait trembler la vitrine de la boutique. Il enfle, jusqu'à couvrir le bruit des sèche-cheveux. On tourne tous la tête, le temps de voir débouler une moto cross, puis deux, trois, puis toute une meute. Pneu contre pneu, la vitesse comme GPS, un bruit de pétarade comme étendard. Les bécanes slalomen entre les voitures. À sa cagoule, je reconnais le pilote qui a failli écraser la fille un peu plus tôt. J'arrive même à distinguer un dessin dessus : une tête de requin.

Fasciné, Hazrat suit du regard la cavalcade mécanique. Son œil brille, plus encore qu'au moment d'engloutir son sandwich. Kenza, elle, détourne le regard, l'air mauvais.

— C'est la bande à Larry, celui qui a failli me tuer ! Ils font ça tout le temps ici, des courses-poursuites, des wheelings en plein boulevard. De gros barjots qu'on devrait coffrer.

Tout à coup, je percute ! J'ai entendu parler de cette bande de *riders* qui font des figures insensées au milieu du trafic. Larry, le prince du bitume, un demi-dieu dans la cité, paraît-il.

— Tout le monde flippe ici à cause d'eux. Y a des mères qui veulent plus laisser leurs gosses faire du vélo ou du skate, continue Kenza.

— *Who is he ?* demande soudain Hazrat, qui n'a rien compris à notre échange.

J'en ai soudain assez de nos conversations laborieuses et je télécharge une application sur mon téléphone permettant de faire des traductions simultanées. Lentement, la bouche collée à mon téléphone, je lui explique le principe du cross bitume, ce rodéo à moto consistant à réaliser des figures acrobatiques. Beaucoup de *riders* pratiquent la discipline sur des circuits fermés mais certains ne respectent pas les règles et viennent faire des rodéos sauvages en ville, au milieu des passants et des voitures.

Miracle. Une voix féminine traduit immédiatement en anglais, parce que le pachto parlé dans le pays d'Hazrat, je ne l'ai pas trouvé dans la liste. L'Afghan écoute les explications d'un air très concentré. Il lève même enfin les yeux vers Kenza et lui pose une question timidement en français :

— Ici, vivre, Larry ?

— Il habite dans les tours derrière, et tout le reste de la bande aussi. Ils se lancent des défis entre eux et aussi entre bandes d'autres villes.

Mon téléphone se charge de la traduction. Hazrat écoute, visiblement passionné. Il en oublie les mains de Kenza se baladant tranquillement dans ses cheveux.

À la sortie du salon de coiffure, je le complimente. Ces cheveux bien coiffés lui donnent une allure de seigneur.

— Elle est vachement réussie, ta coupe. Tu vois, être coiffé par une femme, ça change tout.

Hazrat sourit et m'emboîte le pas le long du boulevard jusqu'au rond-point, derrière lequel on devine les premières maisons du lotissement, bordées de sapinettes. Je demande à Hazrat de patienter là quelques minutes, le temps que je fasse un aller-retour jusque chez moi.

Dans mon placard, j'attrape mon duvet qui n'a pas servi depuis des lustres. La dernière fois que j'ai fait du camping avec mon père, c'était il y a cinq ans. Il m'avait emmené dans le Sud après le départ de maman. Aujourd'hui, ça me semble dingue qu'il ait fait ce geste : prendre des vacances avec moi. J'ai pourtant gardé des cartes postales qui témoignent de cette parenthèse merveilleuse. On avait planté la tente sur une colline dans la garrigue au milieu des oliviers, on s'était baignés dans un lac à l'eau bleue transparente. Je me souviens du soleil qui brûlait ma peau et de cette lumière brute qui n'irradie jamais le ciel ici. Au cours de ces vacances, je n'avais pas mouillé mon pyjama une seule fois.

Je fourre le duvet dans un sac, j'y glisse une plaque de chocolat, un savon et mon dentifrice. Puis je rejoins Hazrat sur le rond-point. Il a rabattu la capuche de son sweat-shirt sur ses cheveux gominés, à sa façon bien à lui d'être toujours sur le qui-vive.

— Tiens.

Hazrat m'adresse un sourire gêné et me tend la main. Je lui souhaite bonne chance pour la suite. C'est un peu court mais je ne vais pas non plus m'en faire un pote en lui demandant son numéro de téléphone. Nos chemins se séparent ici au bout de ce boulevard Servier, sur ce rond-point balafré de panneaux de signalisation. L'un d'entre eux indique "Toutes directions" et je vois Hazrat hésiter un instant avant de décider de le suivre. Dans sa situation, c'est ce qu'il a de mieux à faire en effet.

Au moins, il reprend la route avec des cheveux propres.

13

Je regarde ces deux billets de la Champions League et je sens mon moral flancher. Retour à la case départ. Je n'ai pas d'argent et personne pour m'aider.

Il ne reste plus que quatre semaines avant la finale et la perspective de revoir le visage de maman est au point mort. Londres… J'ouvre, comme ça m'arrive parfois, le coffre en bois où se trouvent les dizaines de lettres et de dessins que j'ai accumulés pendant toutes ces années en pensant à elle. Si j'ai gardé toutes ces missives, c'est faute de savoir où les envoyer. Maman est partie sans laisser d'adresse.

Longtemps, je me suis arrangé avec ma douleur pour me bâtir une explication en béton. J'ai voulu croire que la nouvelle vie de ma mère était pour quelque chose dans son intention de ne pas laisser de traces. Elle vivait enfin sa passion d'artiste, elle enchaînait les tournages, comme un oiseau migrateur guidé par la lumière des projecteurs et se posant ici et là dans des chambres d'hôtels le temps d'une escale.

Le jour où j'ai découvert la vérité, mon cœur a saigné. Ma mère vivait dans une maison à Londres, dans laquelle théoriquement elle aurait pu me recevoir et me consacrer un peu de ses heures. Alors pourquoi ne l'avait-elle jamais fait ?

La nouvelle m'est tombée dessus par hasard, à cause du pavillon que mon père s'était mis en tête de vendre. Depuis quelque temps, je m'opposais de toutes mes forces à ce projet.

— Hors de question que je quitte cette maison ! je l'avais prévenu en hurlant, comme chaque fois que j'avais un semblant de conversation avec lui.

Il fallait tout de suite que l'on monte dans les aigus.

Mon père faisait valoir que le jardin lui coûtait trop cher en entretien. Il en parlait comme s'il avait à sa charge le parc de Versailles alors que notre terrain se réduisait à quelques dizaines de mètres carrés d'herbes folles avec une cabane en bois rongée par la mousse et une carcasse de bateau à moteur échouée dans le fond. Il fallait toujours en revenir à ces histoires d'argent.

Un soir, excédé, je lui avais dit le fond de ma pensée.

— Si on change de maison, maman ne nous trouvera plus si elle revient un jour !

Mon père en était resté comme groggy.

— Parce que tu crois encore que… que…

Il avait été tellement sidéré par ma remarque qu'il n'avait pas trouvé les mots. Et puis ça devait écorcher sa bouche de prononcer le nom de maman.

— Je ne crois rien mais je n'exclus aucune possibilité, j'avais marmonné, un peu honteux.

Mon père s'était levé en maugréant et était allé se claquemurer dans son bureau. Après tout ce que ma mère nous avait fait, il ne pouvait pas comprendre qu'elle puisse me manquer. Deux jours plus tard, il était quand même allé voir le notaire.

Je n'ai rien su de ce qu'ils se sont dit, ni des démarches entreprises par l'homme de loi pour retrouver la trace de maman, qui était propriétaire à 50 % du pavillon et avait donc son mot à dire sur la vente.

J'ai découvert le pot aux roses un samedi matin. Jeff avait dû rentrer chez lui pour s'occuper de son fils malade et j'étais venu en renfort sur le quai pour sortir les poissons de la glace, leur coller les étiquettes et les installer sur l'étal pour la vente. En découpant laborieusement des filets de sole, j'ai laissé échapper le couteau qui a entaillé mon doigt.

— Va chercher la trousse à pharmacie au bateau ! m'a lancé mon père, déjà occupé à servir les premiers clients.

Je suis monté sur *L'Envolée* et j'ai plongé ma main dans le renfoncement près du volant du gouvernail où mon père entreposait le matériel de premiers secours. Au lieu d'en sortir les sparadraps, j'en ai retiré une feuille de papier pliée en quatre. C'était la lettre du notaire. Je n'ai pas pu m'empêcher de l'ouvrir et de lire les premières lignes : ma mère habitait à Londres, au 8 Flee Street. Sur le moment, ça m'a fait tout drôle de la savoir si près. Elle n'avait pas mis un continent, ni même un océan entre nous mais un petit détroit marin de trente-quatre kilomètres, auquel il faut ajouter environ quatre-vingts miles de route, soit autour de cent trente kilomètres.

— Tu… tu ?

C'est tout ce que j'ai trouvé à dire en déboulant sur le quai et en brandissant sous le nez de mon père la lettre que j'avais barbouillée de sang.

Il était en train de vider une sole. De surprise, il a failli lâcher son couteau.

— Tu fouilles dans mes affaires, toi, maintenant ? a-t-il bougonné.

— T'avais qu'à ne pas mélanger ton courrier perso avec tes pansements ! j'ai rétorqué.

Mon père a haussé les épaules.

— Elle n'a pas répondu au notaire. Probablement qu'elle n'est plus à cette adresse.

J'étais sûr qu'il mentait.

— Et tu comptais même pas m'en parler ?

— Y avait rien à en dire. Et puis cette maison, j'ai réfléchi, je vais pas la vendre finalement.

Mon père s'est tourné vers sa cliente blottie sous la capuche d'un imperméable transparent, qui faisait semblant de ne pas entendre notre conversation alors qu'elle n'en perdait pas une miette.

— Je vous retire les écailles ?

À l'air buté de mon père, j'ai compris que la conversation était terminée. Il a empoigné son couteau et a dépiauté rageusement la sole.

14

En cours d'art plastique aujourd'hui, après trois semaines de travail consciencieux, on appose notre prénom sur la maquette enfin terminée. J'ajoute celui d'Hazrat car il a en partie modelé le continent asiatique avec moi, il mérite de figurer parmi les artistes ayant contribué à ce chef-d'œuvre que Mme Charnu imagine déjà exposé dans la grande salle de l'hôtel de ville.

C'est bien beau de faire des pâtés d'argile *"Beyond the frontiers"* mais il faudrait peut-être commencer par s'occuper de ces migrants qui meurent à petit feu dans les marécages de l'autre côté de la ville. C'est curieux, aucun prof n'en parle jamais de ces laissés-pour-compte, même pas en cours de géographie où on nous enseigne que les bidonvilles prolifèrent à Calcutta ou au Caire mais jamais ici. Or je les ai bien vus, moi, ces hommes et ces femmes dormir dans les bois sous des bâches en plastique et patauger dans la boue !

À la sonnerie, je me dépêche de sortir du collège, je dois retrouver Quitterie. Avec mon vélo, je me fraie un passage à travers le troupeau des élèves massés devant le portail. Comme chaque fin d'après-midi, c'est la pagaille dans la rue. Les véhicules stationnent en double file et des parents pressés hèlent leurs enfants. Je grimpe sur le trottoir pour éviter la cohue et je saute sur mon vélo. Une main agrippe soudain mon porte-bagages et je manque de perdre l'équilibre. Je me retourne, prêt à injurier l'imbécile qui voudrait me faire valdinguer.

C'est Hazrat. Je le reconnais immédiatement sous sa capuche encore plus sale que la dernière fois. Son lacet de basket porte toujours des traces rouge-marron. C'est indélébile, le sang, ou quoi ? Il met un doigt sur sa bouche et me fait signe de le suivre.

D'un pas pressé, la tête rentrée dans les épaules, il marche quelques mètres sur le trottoir avant de bifurquer à droite dans une ruelle bordée de maisons en briques rouges.

Il me regarde avec des yeux fiévreux. Ses joues sont creusées.

— *You said the other day, you need money ?*

Je le regarde, interloqué. Mais que fait-il ici ? Pourquoi cette question ?

— J'ai idée, pour nous.

— …

— Moi endroit avec moto. Moi *came back*.

Je ne comprends rien à son charabia. Une Audi s'engage dans la ruelle et sa conductrice klaxonne brutalement pour nous faire signe de partir, on bloque l'entrée de son garage. Ce n'est pas le meilleur endroit pour parler et Quitterie m'attend. Je propose à Hazrat de faire un bout de route avec moi.

Sur le trajet menant au port, il me raconte, grâce à la traduction téléphonique, ce qu'il a fait depuis notre dernière rencontre. Il est retourné à la cité du Bel-Étang, tout seul. Le premier jour, il n'a rien vu, le deuxième non plus, mais le troisième, il a enfin repéré le pilote à la cagoule au motif de requin à l'arrière des tours, sur un terrain vague bordé par l'autoroute.

— Il était avec sa bande. Ils se sont entraînés toute la matinée à faire des figures avec leurs motos.

Tu parles d'un scoop.

— Ce Larry, c'est son nom tu m'as dit ? C'est un *king* sur sa moto. Il n'a pas peur. Mais…

Je l'écoute d'un air distrait, en regardant furtivement ma montre. Je ne dois pas être en retard.

— Mais je pense que je suis meilleur, ajoute-t-il.

Un instant, j'arrête de marcher. L'Afghan me regarde avec ses yeux brillants de fièvre.

— On peut le défier, on peut lancer des paris et gagner de l'argent.

Je scrute son visage. Il a perdu la boule ou quoi ? Il a pris des amphétamines ?

— Si tu me trouves une moto, moi je fais le défi et on partage. Je sais faire de la moto, depuis tout petit.

Pendant quelques secondes, je reste les pieds plantés sur le trottoir comme si j'y avais pris racine. Je me demande si c'est de l'audace ou de la naïveté, ce qu'il vient de me dire. Puis je me mets à rire. C'est tellement énorme ! Ce garçon arrive de son arriéré de pays où il n'a sans doute jamais vu une Kawasaki de sa vie et il prétend défier le prince du bitume ! C'est pire que tout, cette vie au grand air dans la Jungle ! Les gens y deviennent tarés.

Je regarde de nouveau ma montre.

— Il faut que je parte, j'ai un rendez-vous.

Hazrat m'empoigne le bras et le serre trop fort à mon goût.

— Alors ?

Je me dégage d'un geste sec.

— Alors lâche-moi ! J'ai pas de moto et tu dis n'importe quoi.

Hazrat me fixe maintenant avec des yeux où se mêlent le désarroi et la rage. D'une main fébrile, il empoigne mon téléphone et crache des mots en anglais.

— Je croyais que tu avais besoin d'argent. Mais ça ne doit pas être si important pour toi !

Il m'a frappé au cœur, là où ça fait le plus mal. Je lui arrache l'appareil des mains.

— Qu'est-ce que tu sais de ma vie ? Rien ! Et si tu n'avais pas volé ma chaîne, mon problème d'argent serait réglé !

Je me mets à crier et à bégayer comme chaque fois que je perds mes moyens.

La traductrice sort une bouillie de mots. Et puis basta ! J'en ai marre de cette traduction, marre de cet étranger qui me fait des propositions insensées. Je fourre mon téléphone dans ma poche.

— Maintenant, dégage !

Je fais un geste de la main pour lui demander d'aller voir ailleurs. Je n'ai rien à voir avec un mec comme lui, je ne le connais pas, je n'en veux pas de ses magouilles. Qu'il me lâche les tongs, qu'il retourne dans sa Jungle !

15

Quitterie a branché sur la sono une de ses chanteuses folk préférées. Le chocolat chaud est déjà prêt et le bol m'attend sur la table-planche de surf. Sur le radiateur, des maillots sont en train de sécher et une serviette de bain traîne sur le tapis à côté d'une brosse à cheveux. Il règne toujours un désordre vivant et joyeux chez Quitterie. Le bazar de maman était différent. Je me rappelle un laisser-aller un peu triste et un peu absurde. Ses sacs à main dans le panier de linge sale, ça n'avait aucun sens.

La maison de Quitterie, c'est le genre d'endroit où on s'attend à trouver des trompettes en plastique par terre et des peluches posées près d'un gros pot de confiture. Je n'ai jamais compris pourquoi elle n'avait pas d'enfants. Un jour, je lui ai posé la question, direct. Ses yeux ont viré au gris et sa voix s'est légèrement fêlée. Elle m'a expliqué que Christophe n'était pas trop d'humeur à fonder une famille.

— Bon, dépêche-toi d'avaler ce chocolat, Mme Grangenre nous attend !

Je resterais bien une heure de plus à déguster ce bonheur de cacao et à m'empiffrer des madeleines fraîchement sorties du four mais Quitterie s'est donné du mal pour me trouver ce boulot. Je dois me montrer à la hauteur. Ensemble, on quitte sa maison et on descend à pied la route menant au port jusqu'à arriver devant une grande demeure à moitié cachée derrière de hauts murs en pierre. Au bout de l'interphone une voix grésille et la seconde d'après, le portail s'ouvre automatiquement. Je fais le calcul avec ma montre : il nous faut deux minutes et vingt secondes pour atteindre le perron. Bonjour, la surface à tondre. Et le parc promet d'être trois fois plus grand derrière !

Mme Grangenre nous attend dans un vaste salon au plancher craquant. Elle me déplaît tout de suite avec son air guindé. Sans un regard vers moi, elle me tend une main molle et dédaigneuse, qu'elle doit réserver aux gens d'un rang inférieur au sien. Puis elle me fait signe de la suivre vers les portes-fenêtres donnant sur l'arrière de la propriété.

— Ah, quand même, je lâche.

Le parc s'étend à perte de vue et décline en pente douce vers un bassin surmonté d'une fontaine, bordée de parterres prétentieux.

— Tu trouveras la tondeuse dans le garage à droite.

Une tondeuse ? Pour cette surface ? Elle ne peut pas se payer un tracteur, cette châtelaine ? Je comprends mieux pourquoi son jardinier se retrouve à l'hôpital. Il a dû faire un burn-out ! En attendant, c'est à moi de couper toute cette herbe. Ensuite, si j'ai bien compris, je m'attaquerai à la haie de sapinettes tout le long du mur. Six heures de boulot au total, réparties sur deux jours.

— Merci, madame Grangenre. Manoé va s'y mettre tout de suite ! promet Quitterie d'un ton enjoué avant de m'embrasser et de se sauver.

Elle non plus ne doit pas se sentir à l'aise dans cette baraque.

Pendant deux jours après l'école, je tonds, je coupe, je taille, je sue, je me déchire les mains. J'éternue aussi, à cause de l'herbe fraîchement coupée qui me chatouille les narines. La châtelaine me surveille dans l'encadrement de la porte-fenêtre, sans doute pour vérifier que je ne sirote pas une menthe à l'eau au milieu de sa pelouse en maillot de bain et paréo.

À la fin de la deuxième journée, après six heures et demie de travail, je range la tondeuse dans le garage. Bon débarras ! Le gazon est aussi lisse que du marbre, les haies sont taillées comme dans un jardin à la française. Les yeux rougis et larmoyants, le dos en nage, je frappe au carreau de la demeure. Mme Grangenre ne met pas longtemps à apparaître.

— J'ai fini et…

Ma phrase s'achève dans un éternuement.

Mme Grangenre m'adresse un petit sourire forcé sans dévoiler ses dents et m'offre généreusement un verre d'eau.

— Merci, jeune homme, pour ton travail. Tu seras gentil de passer par l'extérieur pour sortir. Je crains que tes chaussures ne laissent des traces sur le tapis.

Mais bien entendu. Je ne voudrais pas avoir à passer l'aspirateur sur son tapis de Perse par-dessus le marché. Je la vois glisser une enveloppe dans mon sweat-shirt. Dans son milieu, on doit procéder ainsi, ça doit faire plus chic.

À nouveau cette main molle qu'elle me tend.

Je regagne le portail, éreinté mais satisfait de la tâche accomplie. C'est un bon début, je vais peut-être arriver à réunir la somme nécessaire. Si le voisin accepte ma proposition de promener son chien deux fois par semaine… Si Mamie me glisse un ou deux billets de dix euros la prochaine fois que je vais la voir à la maison de retraite… Si la châtelaine me fait revenir la semaine prochaine…

J'ouvre l'enveloppe. Je la referme aussitôt. J'ai presque envie de la déchirer et de répandre les confettis sur la pelouse que je viens de tondre. Trente euros. Pour six heures de travail. Elle m'a bien eu, cette rapace. Je suis comme mon père, un éternel exploité.

Des larmes de fureur et de découragement me montent aux yeux.

16

La route est toujours aussi sinistre et l'odeur aussi nauséabonde. Le ciel saupoudre la terre d'une pluie trop légère pour balayer les effluves désagréables. Plus j'avance vers la Jungle, plus l'appréhension fait bourdonner mes tempes. Je m'en veux de ne pas avoir demandé son numéro de téléphone à Hazrat.

À l'entrée du campement, au milieu de flaques boueuses, des hommes patientent en file devant un baraquement où des volontaires font une distribution de repas. Le vent souffle et il est le seul à se faire entendre. Un silence accablé pèse sur ces gens venus d'ailleurs qui attendent dans le froid de réchauffer leurs mains autour d'un bol de soupe. Sur la gauche, j'aperçois les jeunes joueurs de cricket. Ils se tiennent recroquevillés autour d'un braséro. L'un d'eux, assis sur un caddie de supermarché rouillé, tourne la tête vers moi puis s'adresse à ses copains en quelques mots.

Une silhouette s'avance dans ma direction. Je reconnais immédiatement Hamid, le garçon au blouson de rocker qui m'a conduit jusqu'à Hazrat la première fois que je suis venu et m'a aidé à me sortir des griffes du vieux fou. Il porte aujourd'hui un bonnet de laine qui tombe sur ses yeux. Il m'adresse un bref signe de la tête et s'approche tout près de moi, jusqu'à presque me toucher. Je remarque que ses dents de devant sont cassées.

— *Don't come back. You…*

De son index, il fait pression sur ma poitrine

— *It's not your place. Too dangerous. You bring us problems*[1].

OK, j'ai compris. Il n'a pas l'intention de m'accompagner une deuxième fois à travers le camp et ses sentiers de perdition. À sa place, je ne réagirais pas différemment.

— *If you see Hazrat…*

Je sors un des billets de dix euros gagnés chez la vieille avare.

— *I wait for him, Friday, 17 hours, in front of my school. OK ?*

J'ai bien peaufiné ma phrase avant de venir, mais les "am" et les "pm", je ne suis jamais très sûr. Mon interlocuteur empoche l'argent et répète après moi l'heure et l'adresse du rendez-vous. Puis sans ajouter un mot, il tourne brutalement les talons. Je le regarde s'éloigner sans trop savoir quoi penser. La première

1. "Tu nous apportes des problèmes."

fois, il m'a sauvé la mise. J'espère qu'il ne me lâchera pas cette fois-ci non plus et qu'il transmettra mon message à Hazrat. Mais je ne suis sûr de rien, sauf que je joue ma dernière carte.

Ce soir, Jeff mange à la maison avec nous. Dès qu'il est arrivé avec sa part de flan, parce qu'il sait que j'adore ça, papa lui a fait signe de le suivre dans le petit bureau aménagé à côté du garage, où il fait souvent ses comptes la nuit avant de partir en mer. Sa "salle des tortures", comme il l'appelle. Ils se sont enfermés une bonne demi-heure pour remplir la paperasserie nécessaire à son licenciement puis ils m'ont rejoint à la cuisine.

— À ta nouvelle vie ! a lancé papa en levant son verre de vin mais il n'y avait pas beaucoup de conviction dans sa voix.

Il a pour Jeff des élans de père et il se sent terriblement coupable de le laisser au bord du chemin. Il en oublierait qu'il l'a sorti de l'ornière il y a quelques années en l'embauchant sur *L'Envolée.*

— Je te promets rien mais j'ai parlé au patron du *Flobeu*, il va peut-être te trouver une place à bord, ajoute-t-il. T'inquiète pas, je vais me démener pour te trouver quelque chose.

Jeff a un sourire crispé et remercie papa mais il n'insiste pas. Le repas est morne. À leur conversation, je devine qu'au port, plus rien ne va. Les pêcheurs sont à cran, usés de travailler quinze heures par jour pour même pas un Smic.

— Du temps de la mine, ça devait pas être pire, peste papa.

Les petits fileyeurs artisanaux comme lui ont de plus en plus de mal à ramener de la sole dans leurs filets. La faute à ces Hollandais qui raflent tous les poissons et épuisent les fonds marins avec leur pêche électrique. D'après ce que raconte papa, leur procédé est abominable. Leurs filets émettent des impulsions électriques qui paralysent le poisson et lui brûlent le dos.

— Hier, j'ai à peine ramené deux caisses de poisson. Y a plus rien, maugrée-t-il en plantant sa fourchette dans son filet de sole. Je galère pour payer les factures, je tire pour payer le mécanicien. Et changer les filets, j'en parle même pas.

L'alcool commence à faire remonter à la surface les angoisses et les regrets. Sympa, l'ambiance ! Ils continuent de faire la liste de leurs galères sans se soucier de ma présence. J'essaie de ravaler ma peur. La première fois que j'ai entendu mon père parler de ses problèmes d'argent, je suis allé me cacher pour pleurer. Pendant trois jours, je n'ai pas cessé d'y penser, jour et nuit. Maintenant, ça ne me fait plus le même effet mais j'imagine encore des situations effrayantes, où je me retrouve à la rue. Un peu comme Hazrat.

— Tu sais qu'on a retrouvé un zodiac dans les dunes près de Wass ? lance tout à coup mon père.

S'il voulait faire dévier la conversation vers des pentes plus joyeuses, c'est raté.

Jeff, crispé, avale d'un coup une énorme gorgée de bière et ne répond pas.

— Après tout, si ces migrants ont envie de finir bouffés par les poissons, ça les regarde, marmonne mon père.

D'un pas lourd, il se dirige vers son bureau et en revient avec une enveloppe qu'il fait glisser sur la table en direction de son second.

— Ça te permettra de voir venir un peu en attendant le chômage.

Jeff ouvre l'enveloppe puis la referme et la repousse vers mon père. Il est mal à l'aise, son visage devient tout blanc.

— T'as d'autres frais. Laisse tomber, Sébastien.

À son tour, mon père repousse l'enveloppe vers lui.

— Accepte, c'est non négociable.

Jeff fait maintenant une drôle de tête, on dirait presque qu'il va pleurer.

L'enveloppe est épaisse, mon père a dû y glisser pas mal de billets ! Le montant de sa culpabilité. Il s'est sacrifié combien de semaines pour réunir tout cet argent ? Je les regarde se faire des politesses avec un sentiment que je n'arrive pas encore à définir. Est-ce de la colère ? du dégoût ? J'ai honte de ce que je ressens, je devrais me réjouir pour Jeff. Mais tous ces billets à l'intérieur de cette enveloppe sont ceux que mon père me refuse. Ils ont le poids de son indifférence pour moi. Il se fiche pas mal de savoir si j'ai envie de retrouver maman. Elle n'existe plus pour lui. Alors pourquoi devrait-elle exister pour moi, hein ?

Je me lève avec brusquerie. Mon père se tourne vers moi, surpris. C'est la première fois qu'il me regarde depuis le début de la soirée.

— Ben Mano, qu'est-ce qui te prend ?

Je suis trop amer pour me taire.

— Tu vois que t'en as de l'argent quand tu veux !

Le visage de mon père vire au rouge écrevisse. Je le sens prêt à me cogner avec ses mots. J'anticipe ce qu'il va me dire : tu n'as pas honte de dire des trucs pareils ? Fils ingrat ! Avec tout ce que je fais pour toi ! Et Jeff ? Tu te rends compte de sa situation ?

J'esquive les coups en tournant les talons et en allant me jeter sur mon lit.

17

Il fait doux, le soleil brille, une brise parfaite s'est levée, faisant gonfler la voile. Je suis concentré sur la barre, je ne pense plus qu'à cela, la vitesse du vent, le rythme de la vague, la trajectoire de mon dériveur. J'avance à bonne allure, l'écume mousse autour de moi, le bateau pousse l'eau. Je suis bien. Jamais à terre je n'ai cette sensation de bien-être et de sécurité.

Je jette un œil en direction de la côte. J'ai creusé la distance avec le reste du groupe, qui s'éparpille sur l'eau et peine à remonter au vent. L'école de voile n'est plus qu'un point posé sur la plage. Devant moi, l'eau gris argenté se pigmente de bleu. Au loin, j'aperçois les ferries et les cargos lancés sur le “rail”, là où le trafic de la Manche est aussi dense que celui d'une autoroute.

Quitterie a mis les gaz sur son zodiac pour remonter jusqu'à moi.

— Excellent, Manoé ! me crie-t-elle en mettant sa main en cornet. Reste au près mais…

Elle regarde sa montre.

— Dans un quart d'heure, tu fais demi-tour !

Elle dresse son pouce pour me faire comprendre qu'elle est satisfaite de moi. En mer, elle n'est plus Quitterie mais ma monitrice. Et je ne suis plus Manoé, le fils de son ex-meilleure amie, mais son élève. "Et de loin le plus doué !" rigole-t-elle parfois. J'ai de qui tenir, paraît-il. Je lève le nez. Des petits nuages blancs strient le bleu du ciel mais rien de bien méchant, c'est une belle journée de printemps. Je n'ai pas envie de rentrer. Ici, je suis sûr de ma puissance. Je domine les vagues, je maîtrise le vent, je contrôle ma vitesse. Je me sens dans mon élément dans cet univers flottant.

18

Lorsque la sonnerie du collège retentit, je tressaille et je regarde ma montre. Il est cinq heures. D'habitude, je suis le premier à bondir hors de la classe, surtout un vendredi, mais aujourd'hui je traîne les pieds. J'ai peur d'être déçu. J'ai peur que les dix euros donnés à cet Hamid à l'entrée de la Jungle n'aient servi à rien sauf à lui payer quelques kebabs. J'attends que la foule des élèves s'ébroue bruyamment dans la rue, j'attrape mon vélo sous l'abri dans la cour, je franchis le portail tête baissée, je ne veux pas lever les yeux et constater que mon plan a échoué.

La première chose que j'aperçois, ce sont ses baskets. Puis son pantalon trop court et enfin sa capuche qui ensevelit sa tête. Hazrat est là, au rendez-vous.

Sans me dire un mot, il m'emboîte le pas, toujours aussi préoccupé par le va-et-vient incessant des voitures et le bruit des klaxons. À deux reprises, il sursaute. Je prends le chemin qui longe la mer et après dix minutes de marche, je m'engage dans un parking permettant d'accéder à la dune par un sentier de sable. Hazrat me suit à quelques mètres de distance, j'entends sa chaussure frotter contre les graviers à cause de sa jambe claudicante. Je ne sais pas très bien comment je vais lui exposer le problème, mais une chose est certaine, je préfère le faire à l'abri des regards. J'attache mon vélo, je suis tellement nerveux que je m'y reprends à trois fois avant de fermer le cadenas.

Tous les deux, on gravit le sentier bordé d'herbes hautes qui débouche sur la dune. De là-haut, à vingt mètres, on a une vue plongeante sur la mer et sur les chars à voile zigzaguant sur la plage. Le ciel a une teinte bleu acier.

Hazrat se plante devant moi avec une expression tendue. Je suis bloqué, je n'ai plus envie de partir dans mes explications, tout ça ne rime à rien. Je me mets à fixer bêtement le vol puissant d'une troupe de cormorans battant des ailes en file indienne.

— *You know, they can...* plouf...

Avec mes bras, je simule un plongeon.

— *Ten meters under the sea. Very* impressionnant...

Comme je ne vais pas non plus me lancer dans un exposé sur les cormorans, je m'arrête là de parler. Et Hazrat ne me semble pas d'humeur à s'extasier sur les performances de ces oiseaux marins. Les mains enfoncées dans les poches, il me fixe avec un air hostile.

— Moi venir pour oiseau ? Nature ? *Are you kidding me ?*

Kidding me… Quelque chose me dit que l'expression n'est pas la plus chaleureuse du lexique anglais. Les yeux d'Hazrat lancent des éclairs. Il est en piteux état. Son blouson est couvert de boue, ses cheveux sont gras et il se gratte furieusement les bras comme s'il avait des puces. Je m'écarte pour échapper à l'odeur rance qui émane de lui. Pas de doute, il n'a pas pris de douche depuis un certain temps. Il faut en finir au plus vite.

— *Maybe I can find a moto.*

Je vois les muscles de son visage se détendre. Mais je sens les miens se crisper. Je n'aime pas ce que je suis en train de lui proposer.

— *Where ?*

— *It's my problem. But I have a condition.*

— *What ?*

Deux joggers au physique baraqué passent à proximité. Ils nous dévisagent d'un air suspicieux et leurs regards, surtout, s'attardent sur Hazrat, ses vêtements de misère, son visage tuméfié. Ils doivent se demander ce que fait un garçon fagoté comme lui à parler anglais sur la dune avec un blondinet qui sort de l'école.

Je ne fais rien de mal et, pourtant, je me sens vaguement coupable. Un frisson parcourt mon dos. J'attends que les deux coureurs s'éloignent et je me tourne vers Hazrat.

— *How much… us… can make money with moto ?*

Hazrat hausse les épaules.

— *I need four hundreds euros*, me dit-il.

Quatre cents euros !… Moi j'ai calculé qu'avec deux cent cinquante euros et l'argent de ma grand-mère, je devrais m'en sortir. Je prends ma respiration.

— *I propose 50 % for you and 50 % for me.*

Hazrat secoue la tête avec véhémence.

— *No, of course not. I propose 30 % for you. The bad job is for me !*

Le sale boulot, c'est pour lui ? Parce que piquer une moto, ça n'est pas un "*bad job*" peut-être ? C'est ce que je lui explique avec mes mots laborieux en anglais car malheureusement, sur la dune, la 4G ne passe pas. Hazrat ne veut rien savoir : il se met en danger dans cette affaire. Il revendique la plus grosse part du magot.

— Mais sans moto, tu peux rien faire !

On continue de parlementer un bon moment, mais on se perd dans un dialogue de sourds. Je suggère qu'on remette à plus tard cette question du partage. Après tout, on oublie un détail fondamental : si la bande ne veut pas se mesurer à nous ? Mais Hazrat exige qu'on s'entende tout de suite. Il me dit qu'il est né dans une tribu pachtoune et que dans sa famille, on ne plaisante pas avec les accords et la parole donnée. Le ton monte. Hazrat emmêle ses mots et imbibe son anglais de sonorités que je ne comprends pas. Il se met maintenant à parler une langue inconnue, sans doute ce pachto introuvable dans mon appli téléphonique. Il est fébrile, il fait de grands gestes.

Soudain, j'en ai assez.

— On laisse tomber ! je crie. Ma claque ! *Game is over !* je répète en mettant mes mains en croix.

Hazrat me regarde, interloqué.

— *I go to my home. Sorry.*

J'étais certain que c'était perdu d'avance, je ne sais pas pourquoi je me suis enflammé avec cette idée de moto. Dans l'énervement et en guise de dédommagement, je tends à Hazrat le deuxième billet de dix euros gagné chez la châtelaine. Je l'ai fait venir pour rien, je lui dois bien ça. L'Afghan fixe un instant l'argent, puis me regarde avec des yeux noyés de rage. En une fraction de seconde, il se rue sur moi.

— *I'm not a beggar, OK*[1] *?*

Tous les deux, on tombe à la renverse. De tout son poids, Hazrat me plaque sur le sable et met une main sur ma gorge, comme pour m'empêcher de respirer.

Je suffoque et je donne des ruades pour me dégager de son étreinte. On s'empoigne comme deux chiens enragés et, pendant plusieurs minutes, on roule sur la dune, l'un essayant de prendre l'avantage sur l'autre. En tâtonnant, j'attrape une poignée de sable que je lui balance dans les yeux.

1. "Je ne suis pas un mendiant, OK ?"

Hazrat se redresse en hurlant. Moi-même, j'en ai plein la bouche et les oreilles de ces grains collants. À cet instant, je perçois des cris un peu plus loin sur le sentier. Les deux joggers ont fait demi-tour, ils se dirigent vers nous en courant.

— Eh, arrêtez ça tout de suite !

L'un des deux dégaine un téléphone, je suis sûr qu'il appelle la police.

J'attrape Hazrat par la manche et ensemble, on dévale le sentier comme des lapins jusqu'au parking désert. On se jette derrière une rangée de poubelles pour reprendre notre souffle. Hazrat se frotte les yeux frénétiquement et moi je réprime une envie de tousser. Une minute passe, puis deux, puis trois, puis cinq. Pas une silhouette au sommet de la dune. Les deux hommes ont sans doute renoncé à nous poursuivre. Recroquevillé sur lui-même, l'Afghan grimace de douleur, passe une main dans son cou et baisse le col de son blouson, laissant découvrir sa nuque entaillée sur plusieurs centimètres. Une croûte de sang s'est formée autour de la blessure.

— C'est quoi ça ? je murmure, horrifié.

— *Don't worry, it's not from today.*

En anglais, Hazrat me raconte qu'il a tenté de monter dans un camion la veille sans l'intermédiaire des passeurs. Ils ont mal pris l'affaire et l'ont passé à tabac. Aux urgences, un médecin l'a recousu mais tout de suite après, il s'est enfui de l'hôpital pour ne pas finir entre les mains de la police.

Hazrat enfouit sa tête dans ses mains.

— *I'm not a thief, I'm not a beggar. I hate what I became*[1].

Dans sa voix, j'entends son découragement, son immense fatigue. Il semble à bout de nerfs, à bout de ressources, à bout de tout. C'est pas du bluff, sa détresse. Il ne cherche pas à m'apitoyer. D'ailleurs, il se relève brutalement comme s'il avait honte de ce qu'il venait de dire. Il marmonne un "*bye*" et, tête basse, il sort de notre planque derrière les poubelles et traverse le parking désert, sans plus se soucier de savoir si les deux hommes croisés sur la dune ne vont pas lui tomber dessus. Je le regarde s'éloigner, avec sa démarche de boiteux et ses cheveux en bataille qui ont depuis longtemps oublié leur passage chez Kenza la coiffeuse.

Hazrat n'est plus qu'un point noir sur la route lorsque je le rattrape en courant.

— *60 % for you et 40 % for me, OK ?*

L'Afghan se retourne et me dévisage un instant pour vérifier que je ne me moque pas de lui. Il me tend timidement la main. Je lui offre la mienne à mon tour et à cet instant, au pied de cette dune qui laisse échapper une fumée de sable sous l'effet du vent qui se lève, je crains d'avoir hérité du tempérament fêlé de ma mère. Merci du cadeau.

1. "Je ne suis pas un voleur, je ne suis pas un mendiant, je déteste ce que je suis devenu."

19

Avant de faire prendre à ma vie un virage de cinglé, j'ai besoin d'avoir quelques explications, à défaut de gages. Je ne sais rien d'Hazrat et je voudrais savoir d'où lui vient cette idée saugrenue d'aller défier le maître incontesté du cross bitume du quartier de Bel-Étang. Je parie que son seul palmarès, c'est une course de vitesse à dos de dromadaire.

— Il n'y a pas de dromadaires dans mon pays, répond Hazrat en souriant lorsque je lui pose la question, face à la mer devant laquelle on s'est assis pour partager une canette de coca.

Je sors mon appli téléphonique.

— C'est quoi alors ton secret pour défier Larry ? Une poudre magique que tu vas avaler avant d'aller te frotter à lui ?

Hazrat rigole et prend le téléphone à son tour.

— Je fais de la moto depuis l'âge de sept ans.

— Mouais, moi aussi j'ai fait de la moto à quatre roues quand j'étais jeune, je grommelle.

— Une vraie moto, je te dis !

Hazrat m'explique que son père possédait un grand garage automobile dans Kaboul, avec au moins quinze salariés. Le soir après la classe, il allait lui donner un coup de main et apprendre avec les ouvriers. C'était son moment préféré de la journée. Souvent, il essayait les motos en réparation dans la grande cour à l'arrière du garage.

— J'avais dix ans quand mon père m'a offert ma première moto. Une Pamir 150 cm^3. Un modèle afghan.

Je n'ai jamais entendu parler de cette moto d'opérette.

— Heureusement que j'étais grand pour mon âge sinon je n'aurais pas pu passer les vitesses !

L'Afghan sort de la poche de son pantalon une photo froissée sur laquelle il sourit, à califourchon sur une moto. Son père, un homme grand et vigoureux, la peau mate, pose une main affectueuse sur son épaule.

— J'ai commencé à rouler dans Kaboul dès cet âge.

— Mais ton père te laissait faire ?

Hazrat semble surpris par ma question. Évidemment ! Jamais il n'aurait bravé son interdit ! La plupart du temps, son père lui-même lui confiait des courses à faire dans la ville, des motos à livrer aux clients. C'était un vrai défi de conduire dans Kaboul. Le trafic y était dingue, il fallait slalomer entre les deux-roues et les voitures, il n'y avait pas de signalétique comme ici dans les rues, pas de stops ou de feux rouges. Le véhicule le plus gros était prioritaire. C'était la loi du plus fort.

— Là-bas, la plupart des gens circulent à moto parce que les voitures sont très chères. Parfois ils se mettent à quatre ou cinq dessus.

J'écoute Hazrat me raconter le magma urbain de Kaboul, sa Pamir fendant l'air, les coups de klaxon hystériques, la foule dans le bazar, les odeurs de kérosène, la lumière blanche de la ville en altitude, les tours de passe-passe pour se frayer un chemin à toute allure au milieu des véhicules.

— C'est grâce à mon père que j'ai attrapé la passion de la moto.

Souvent, celui-ci l'emmenait à l'extérieur de la ville pour s'entraîner sur des routes de montagne ou sur des pistes de course improvisées.

— J'ai même fait avec lui une pointe sur le trajet Kaboul-Jalalabad à cent kilomètres-heure !

Il me regarde, il attend sans doute que je pousse des cris d'admiration. Mais je ne vois pas du tout de quoi il parle. Avec l'aide d'internet, Hazrat me montre une photo de la route, ou plutôt de l'entaille à flanc de montagne bordée par un précipice de plusieurs dizaines de mètres. En effet, sa pointe de vitesse relève de l'exploit, j'en ai presque le vertige.

— Dans mon quartier, tout le monde me connaissait. Surtout grâce à mes sauts.

— Tes sauts ?

Hazrat sourit et fixe un point au-delà de la mer et au-delà de l'Angleterre, un point qui n'existe plus que dans son cœur probablement.

— Il y a un pont derrière chez moi, à moitié détruit à cause des bombardements. Je prends de l'élan et avec ma moto, je saute de l'autre côté, par-dessus le cours d'eau. Doum… doum… doum…

Hazrat se met à imiter la mélodie du moteur puis il se tait.

Il sort une autre photo. On y voit un mur sur lequel une fresque a été peinte en couleurs vives, celle d'un adolescent assis sur une moto lancée au-dessus de l'eau. Je le reconnais : c'est lui sur la photo ! Une inscription est écrite en grosses lettres blanches : *Crazy Jumper*.

— C'est un graffeur qui m'a dessiné sur un des murs anti-explosion de Kaboul.

On se tait un moment en contemplant les vagues qui se forment.

— *Crazy Jumper*… je me murmure, à moitié sceptique, à moitié impressionné.

Hazrat observe la Manche dont l'humeur changeante ramène des gouttes d'écume vers nous. Il m'avoue qu'il n'avait jamais vu la mer avant de partir de chez lui. Tant d'eau, ça l'effraie.

— Si tu pouvais sauter par-dessus, ça t'arrangerait, hein ? je rigole.

Hazrat se met à rire à son tour. Oui, ça arrangerait bien ses affaires.

20

Lorsque je le retrouve deux jours plus tard, Hazrat a fait un sacré travail de repérage dans le quartier de Bel-Étang. Sans hésitation, il me conduit au milieu du boulevard Servier jusqu'au pied de la tour des Muguets. Le bâtiment hérissé d'antennes paraboliques n'a rien d'un bijou architectural, c'est peu de le dire. Le plâtre des façades tombe en lambeaux et les balcons encombrés de bric-à-brac menacent de s'écrouler. À l'extérieur, une coursive en béton gris monte jusqu'aux étages. Au niveau du rez-de-chaussée, quelques mots en lettres noires sont badigeonnés sur le mur : *teroriste afgan*. J'espère que Hazrat ne lit pas le français, avec ou sans fautes d'orthographe.

Un groupe de jeunes stagne devant l'entrée du hall. Encore quelques minutes à stagner nous-mêmes sur le trottoir et on sera vite repérés. Hazrat pense certainement la même chose que moi car il me fait signe de le suivre. D'un pas faussement nonchalant, il dépasse la tour puis se glisse soudain sous un grillage à moitié défoncé. Il a une connaissance du terrain stupéfiante, comme s'il avait déjà quadrillé les lieux des centaines de fois. On se retrouve à l'arrière de la cité, sur ce qui devait être à l'origine un square et ressemble désormais à un terrain vague avec vue panoramique sur la rocade. Ici et là, des restes de jeux pour enfants résistent mal à l'usure. On se met à couvert sous la carcasse d'un toboggan.

— *He's just here !*

Hazrat tend le doigt et, à l'autre bout du terrain, j'aperçois une bande de gaillards assis sur un banc. Ils doivent avoir au moins dix-huit ans. Ils ont branché une sono qui hurle du rap et ils se passent un joint. Le plus grand et le plus baraqué, au centre, s'esclaffe régulièrement et balance la tête au rythme de la sono.

— *It's Larry.*

C'est drôle, je lui avais imaginé une autre tête, à ce gangster du bitume qui fait trembler les habitants du quartier. Il n'a pas l'air bien menaçant une fois descendu de sa moto, à rigoler bruyamment avec ses potes. Le garçon à sa droite me paraît beaucoup moins commode. Contrairement aux autres, il ne sourit pas, l'œil aux aguets, il scrute les tours. Je lui trouve une tête de sadique, avec sa balafre qui traverse sa joue et ses cheveux peroxydés.

— *So, what we do now ?*

On a un moment de flottement. On va lui parler tout de suite ? On attend qu'il soit tout seul ? On en est encore à peser le pour et le contre quand un coup frappé à l'extérieur du toboggan nous fait sursauter.

— Sortez de votre planque !

Je traduis pour Hazrat et tous les deux, on se glisse hors du renfoncement du toboggan pour nous retrouver face à deux costauds, le visage pas très avenant. Sans plus de préambule, ils nous empoignent le bras et nous poussent jusqu'à Larry.

Toujours assis sur son banc, le prince du bitume cesse de rigoler. Il nous avait donc repérés ! Il porte des lunettes de soleil aux verres fumés et un gros jogging façon ghetto américain. La sono braille mais plus personne ne bat le rythme. Toute la bande est en position figée. Larry nous dévisage des pieds à la tête. Surtout Hazrat.

— Vous faites quoi, espèce de bouffons ? Vous nous espionnez ?

Tous les regards convergent vers nous.

— Je… non… enfin.

J'entends quelqu'un ricaner à l'arrière.

— Comment il les a cramés !

D'un geste impérieux, Larry lui fait signe de se taire. Il se tourne vers moi.

— Tu craches le morceau, ou je t'aide à le faire ?

À côté de moi, Hazrat se tient droit comme un menhir, la tête haute. Je prends ma respiration.

— On est venus pour… parce que mon copain fait de la moto et il… il…

Je ne vois vraiment pas comment cracher le morceau. Il est trop énorme.

— Il veut qu'on l'emmène faire un tour de trottinette dans le quartier, c'est ça ? Et puis quoi encore ? On se cotise pour lui acheter des fringues ?

Éclat de rire général dans l'assistance.

Larry se tourne vers le sadique aux cheveux peroxydés et, d'un geste, lui désigne Hazrat.

— Benji, t'as vu la classe de ce mec ? Griffé Emmaüs !

Le copain a un rictus de dédain, découvrant de petites dents jaunes.

Hazrat ne desserre pas les mâchoires. Il ne comprend rien aux mots qui sont prononcés mais le sens général de la discussion ne lui échappe pas. Il sait qu'elle ne plaide pas en sa faveur.

Larry se penche vers moi.

— Y a pas de place pour des pouilleux, ici. Allez, dégagez.

Ça y est, je me laisse rattraper par le torrent de mes émotions. Je deviens rouge violacé, prêt à éclater sous le coup de l'humiliation. Hazrat pose à temps son bras sur moi.

— *Come on !*

On rebrousse chemin jusqu'à la tour, encadrés par les deux molosses. Arrivés au boulevard, ceux-ci nous font signe de déguerpir au plus vite, ils ne veulent plus nous voir traîner ici. Moi non plus je n'y tiens pas vraiment. Mais Hazrat a d'autres intentions et, sur le chemin du retour, il m'explique la façon dont il voit la suite. Je trouve son plan complètement dingue.

21

Avec mon père, on ne se parle plus. Déjà en temps normal, ce n'est pas brillant mais désormais nos échanges sont inexistants. Ou plutôt, ils se réduisent au strict nécessaire. Je me borne à lui lancer un "bonjour" au retour du collège et lui se limite, le soir, à me demander ce que je veux manger. Cette histoire d'enveloppe et d'argent me reste en travers de la gorge. Et mon père rumine ses problèmes de concurrence avec les Hollandais. Il devient de plus en plus maussade. Quand il ouvre la bouche, c'est pour déblatérer avec ses collègues marins pêcheurs contre le gouvernement et son incapacité à répondre à leurs difficultés.

J'ai l'impression que quelque chose se trame.

Il ne dort plus. À l'heure où je monte me coucher, je l'entends faire des allées et venues dans sa chambre, descendre se préparer un café et allumer la radio. Sur le coup d'une heure du matin, il quitte souvent la maison sans avoir fermé l'œil.

Ce soir, je croise les doigts pour que la fête annuelle de la sardinade, organisée par le quartier sur la place Jean-Quart, le déride. Mais depuis ce matin, il est d'une sale humeur et ne décroche pas un mot, le nez plongé dans le journal qui fait état de menaces de grève et d'une pétition signée par les marins pêcheurs du port. Il a enfilé sa tenue de déprime : un jogging et des espadrilles aux pieds. Je l'ai entendu au téléphone refuser de prêter main-forte aux bénévoles pour se "coltiner les grillades", contrairement à ses habitudes passées. Il leur a fait valoir que pour une fois, il voulait éviter d'être parfumé aux senteurs de poisson.

J'ai peur que son humeur reste en cale sèche et qu'il renonce à la dernière minute à cette kermesse. Tous mes plans tomberaient à l'eau.

Un peu plus tôt dans la journée, je suis allé supplier Quitterie de venir passer cette soirée de fête avec nous car je sais d'avance que son compagnon Christophe ira boire des bières avec ses copains devant un énième match de foot. Quitterie s'est montrée hésitante.

— Mais ton père ne m'a pas invitée ! Il va me trouver gonflée de débarquer !

Si tu savais, Quitterie… Mon père est un gros benêt qui ne se rend même pas compte qu'il t'aime bien, beaucoup même. Tu n'as pas vu son manège ? L'eau de Rochas avec laquelle il s'asperge quand il vient me chercher au club de voile. Les caisses de crabes qu'il dépose devant chez toi toutes les semaines comme une offrande.

Je me suis contenté d'une réponse plus nuancée.

— Bien sûr que non ! Il va être super content de te voir.

Quitterie est restée évasive.

— Je vais réfléchir mais je ne te promets rien.

Il est dix-neuf heures trente et j'attends le miracle. Mon père va enfin décoller les fesses de son fauteuil, enlever son jogging, aller se doucher. Mais rien ne se passe et je décide de provoquer les événements.

— Peut-être que Quitterie passera ce soir à la sardinade. Elle est toute seule.

Mon père tourne vers moi des yeux surpris.

— Ah bon ?

Il fait semblant de continuer à lire ce bouquin sur lequel il n'arrive pas à se concentrer. Mais cinq minutes plus tard, il se lève et se dirige vers la salle de bains. J'ai vu juste. Je souris.

Les organisateurs de la soirée n'ont pas ménagé leur peine. Toute la place ruisselle de rouge grâce aux lampions posés dans les platanes comme de grosses lucioles fluorescentes. Au fond, une estrade a été installée pour accueillir un orchestre musette. À l'origine, le comité des fêtes avait prévu un spectacle avec le sosie de Johnny Hallyday mais l'artiste s'est décommandé à la toute dernière minute.

— C'est pas plus mal, grommelle mon père.

Il déteste Johnny Hallyday. Ses copains de marée se moquent parfois de lui et l'appellent le Snob. Mon père rigole, il les envoie paître, mais dans le fond, il sait bien qu'il n'entre pas tout à fait dans le cadre en aimant le cinéma et les films en noir et blanc. C'est sans doute pour cela qu'il a choisi une fille comme maman.

Dans le quartier, tous les voisins se sont inscrits pour la soirée, même Marine Kohller. Elle a renoncé à sa tenue réglementaire bleu marine pour se boudiner dans une robe saumon qui lui va aussi bien qu'un justaucorps à un taureau. Mon père, de la même façon, a fait un effort notable pour se rendre séduisant, en enfilant un pantalon en toile et une chemise à carreaux. Mais à la différence de Marine Kohller, le résultat est convaincant. Il a même une certaine allure.

— Bonjour Sébastien.

La voix de Marine Kohller roucoule. Mon père sent immédiatement le danger et moi aussi. Elle va nous inviter à sa table !

— Vous vous joignez à moi ?

En plein dans le mille.

— Je… euh… c'est-à-dire que nous avons déjà nos places.

Elle n'y croit pas une seconde, Marine Kohller, et elle a raison, les places ne sont pas réservées. Sous l'effet de cette nouvelle rebuffade, je vois son visage prendre la teinte rouge-rosé de sa robe. J'ai peur qu'elle ne tire à bout portant sur mon père tellement elle est vexée, mais heureusement, elle n'a pas emporté son arme avec elle.

Mon père m'attrape par le bras et me tire au hasard jusqu'à une table où s'est installé un couple de retraités. On comprend très vite, à leur façon confuse de s'exprimer, qu'ils sont hollandais. La soirée démarre décidément très mal, surtout si papa se met en tête de les agresser avec ses histoires de pêche électrique.

— Elle t'a dit quand elle arrivait, Quitterie ? me demande-t-il d'un ton faussement détaché.

Non, elle ne m'a rien dit et c'est bien dommage car je commence à m'inquiéter moi aussi de son retard. Je n'ai pas toute la nuit pour l'attendre.

On attaque nos sardines sans elle, en faisant des sourires polis à nos voisins. La conversation roule sur des sujets neutres, comme la contrefaçon chinoise des sacs à main Vuitton et les avantages d'installer un poêle à bois chez soi. Mon père veille à ne pas se tacher avec ses sardines, il jette fréquemment des coups d'œil autour de lui. Toujours pas de Quitterie. La nuit commence à tomber et, sur le fond bleu encre du ciel, les étoiles se chargent d'un joli éclairage. Sur scène, les musiciens déballent leurs instruments, le dessert se termine, le bal va bientôt commencer.

— Bon, Mano, on va pas tarder, grogne mon père.

C'est cuit. À contrecœur, je me lève, lorsque je la vois arriver. La lumière des lampions fait une jolie lumière sur son visage. Elle s'est arrêtée au pied de l'estrade, comme incertaine de vouloir aller plus avant. Je ne lui laisse pas le choix et j'agite mes bras comme un fou. Quitterie s'avance vers nous, un peu hésitante.

— Bonsoir Sébastien. J'arrive un peu tard !

Papa se redresse sur sa chaise et bredouille un truc incompréhensible.

La suite, je ne l'observe que de loin, parce que j'ai prétexté une grosse fatigue et l'envie de rentrer à la maison. Aux premières notes de l'orchestre, je vois papa entraîner Quitterie vers la piste de bal. Il lui prend la main galamment, la serre contre lui et se met à sourire comme un imbécile.

Ils sont si prévisibles, ces adultes. Un coup d'œil à ma montre me signale que je suis en retard sur l'horaire prévu. Mais jusque-là mon plan a parfaitement fonctionné. J'appelle Hazrat.

22

J'adopte une foulée de coureur norvégien pour être le plus vite possible au lieu de rendez-vous. Mon temps est minuté. Papa aime danser, surtout si c'est avec Quitterie, mais tôt ou tard, il devra rentrer à la maison pour se changer et partir en mer. En quinze minutes j'arrive au port, où Hazrat m'attend comme prévu devant la capitainerie avec un sac à dos qui contient ses affaires. Il s'est retranché dans le renfoncement de la porte, apeuré.

— Mais pourquoi t'as tout le temps peur en ville ? *Why you have always* les jetons *?*

Hazrat comprend le sens de ma question, malgré mes approximations.

— *Migrant, alone, in town, it's dangerous.*

En remontant au pas de charge vers la maison de Quitterie, il me raconte que les migrants redoutent de sortir seuls en ville, surtout la nuit. Pas à cause du noir, mais de la police qui n'aime pas les voir traîner et de certains individus qui leur veulent du mal.

Dans la maison de Quitterie, tout est éteint. Christophe n'est pas rentré, on a le champ libre. Silencieux comme des chats, on saute par-dessus le portail et on traverse le jardin. Même dans l'obscurité, je connais les lieux suffisamment bien pour arriver tout droit à l'établi au bout de la petite allée.

— Allez, grouille, éclaire-moi ! *Light !*

À la lumière du téléphone portable, j'ouvre sans difficulté le battant en bois. L'intérieur est un vrai capharnaüm mais je me dirige là où il faut, au fond, juste après la tondeuse. Je soulève une bâche en plastique : la Yamaha n'a pas bougé, même si Christophe ne s'en sert plus.

— *It's OK for you ? Good machine ?*

Hazrat passe lentement une main sur le flanc de la moto comme s'il caressait un animal. Il a un sourire satisfait. Moi, en revanche, j'ai le cœur en vrac et de désagréables picotements à l'estomac. Je me dégoûte de m'introduire en douce chez Quitterie. J'ai beau faire des tas de contorsions mentales et me persuader que je ne fais rien de mal, juste emprunter une moto qui ne roule plus depuis des lustres, je me sens coupable. Sur l'étagère, j'attrape deux casques de Christophe. Il en a toute une collection.

On pousse la moto, dont le réservoir est encore plein, jusqu'à l'avant de la maison. Hazrat me fait signe de me taire et tend l'oreille. Il penche la tête par-dessus le portail et scrute le trottoir. La rue est déserte et silencieuse. Ma main tremble en tournant la poignée rouillée du portail. Si quelqu'un dans le voisinage nous entendait ? La grille s'ouvre dans un grincement affreux. Horreur ! On s'immobilise, l'oreille aux aguets. Les volets chez le vieux d'en face restent clos. À droite, personne ne semble réagir non plus. Il faut partir au plus vite. On pousse la moto sur quelques mètres pour s'éloigner de la maison. Puis Hazrat donne un coup de talon sur le kick. Le bruit du moteur déchire la nuit.

— Mets le casque ! je lui ordonne.

On enfourche la moto et on s'élance. Du doigt, j'indique à Hazrat la route à suivre. Il faut coûte que coûte éviter les avenues et les rues fréquentées. Si on croise la police, on est faits comme des rats : conduite sans permis, sur un engin volé… Mon dos est mouillé de sueur.

Le moteur pétarade un peu trop fort à mon goût dans les rues endormies. Le trajet me semble interminable, j'ai l'impression que les minutes s'étirent mais on finit par apercevoir, dans les phares de la moto, le rond-point marquant l'entrée de mon lotissement. Je fais signe à Hazrat de couper le moteur, on va continuer notre virée à pied pour ne pas attirer l'attention du voisinage. Dans ce pâté de maisons replié sur lui-même, le problème numéro un, c'est le regard des autres. Le problème numéro deux, ce sont les chiens de garde, postés derrière les portails et toujours prêts à aboyer comme des sauvages. On s'engage dans la rue principale enroulée comme une coquille d'escargot. Les réverbères allumés me font l'effet de caméras de surveillance braquées sur nous. Je m'attends, d'une seconde à l'autre, à entendre les aboiements rageurs d'un molosse broyer le silence.

Je fixe le trottoir, ça me rassure de n'avoir de contact qu'avec l'asphalte. De temps en temps je lève le nez pour savoir où je vais. Je connais toutes les boîtes aux lettres par cœur et le modèle de toutes les voitures qui stationnent devant chaque pavillon. Je pourrais les citer les yeux fermés. Ma maison apparaît enfin au détour du virage. Avec sa peinture écaillée et ses murs fissurés, elle fait tache dans ce lotissement récuré au Mr. Propre.

Aucune lumière ne filtre à travers les volets. Sur le trottoir, l'emplacement prévu pour la voiture de mon père est vide. Je commence à respirer. Le plus doucement possible, j'ouvre le portail et je fais signe à Hazrat de me suivre.

À pas de loup, on contourne la maison. Une mauvaise nouvelle nous attend à l'arrière. La lumière brille dans le salon de Marine Kohller. La tuile ! Elle est rentrée de la sardinade ? Elle n'aurait pas pu danser comme tout le monde ? Si l'envie lui vient de coller son nez à sa baie vitrée…

On compte jusqu'à trois et, en courant, on traverse le jardin jusqu'à l'appentis. Sur son flanc arrière, un tas de bois pourrit depuis des années dans un fouillis de ronces et de lierre digne du château de la Belle au bois dormant sauf qu'il n'y a plus de princesse à protéger. Pendant que Hazrat fait le guet, je cache la moto derrière un tas de bûches.

Le travail effectué, je m'appuie contre le mur de la cabane pour reprendre mon souffle. Mes tempes battent au même rythme que mon cœur, à mille pulsations à la seconde. Il me tarde de m'enfouir sous ma couette et trois couches d'oreillers pour me cacher du monde. Hazrat, lui, regarde le ciel pensivement. Je me demande ce qu'il va faire maintenant. Regagner son campement et ses sentiers peuplés d'ombre en pleine nuit, à plusieurs kilomètres d'ici ?

— *You want to sleep here ?*

Hazrat a une seconde d'hésitation.

— *What about your parents ?*

— *Only my father here. But he works at night.*

J'ai bien progressé en anglais, je trouve.

— *And your mother ?*

Oh ma mère…

— *Too long to explain.*

Hazrat ne répond pas.

— Alors, tu viens ?

Il sourit et me suit en courant jusqu'à la porte d'entrée.

L'Afghan contemple avec perplexité le mitigeur d'eau de la douche.

— Tu tournes ici et ensuite, l'eau se règle automatiquement.

Je lui fais une brève démonstration et je lui tends un savon, du shampoing, un peigne, une serviette de bain, des ciseaux pour se couper les ongles, un short et un T-shirt propres. Puis je me poste en haut de l'escalier au cas où mon père ferait son apparition à la porte d'entrée. Hazrat prend son temps dans l'eau mais quand il sort de la salle de bains, je constate qu'il a fait un gros travail de décrassage. Ses cheveux soigneusement peignés et ramenés en arrière lui donnent un faux air d'un acteur de cinéma que maman aimait bien.

— Tu ressembles pas encore tout à fait à Leonardo DiCaprio, mais tu t'en approches. En version brune.

— *Who is Lonardodicapro ?*

— Laisse tomber.

Il se met à rigoler spontanément. Être propre, ça semble le rendre incroyablement heureux. En vitesse, il ramasse ses vêtements sales et efface les traces de son passage autour de la baignoire.

— *Manoé... Five minutes please, I would like to pray.*

Toujours posté en haut de l'escalier, je le vois à travers la porte de la chambre s'incliner à plusieurs reprises et réciter des paroles étranges. J'ai compris, il est en train de prier.

— *You are musli ?* je lui lance.

Sur le plan de la prononciation, je ne sais pas trop faire la différence entre le muesli du petit-déjeuner et le fait d'être musulman, mais Hazrat comprend. Il hoche la tête.

— *And you ? christian ?*

Chrétien ? Je lui réponds que moi, je ne suis rien. Il semble horrifié par ce que je lui confesse mais à cet instant, j'entends la porte d'entrée s'ouvrir. Fini, les prières pour ce soir.

— *Hurry up !*

Sur la pointe des pieds, je saute dans mon lit et Hazrat se glisse dessous. J'éteins la lumière.

En bas, je devine aux bruits de pas que mon père s'est installé dans la cuisine pour se préparer un sandwich et son thermos de café pour la nuit. Je connais ses déplacements par cœur, qu'il répète tous les soirs comme un rituel. Cinq minutes plus tard, je l'entends monter l'escalier en sifflotant. En sifflotant ! Ça, c'est inhabituel. Un instant, il entrouvre la porte de ma chambre pour s'assurer que je ne suis pas encore en train de jouer avec mon téléphone. Puis d'un pas étonnamment léger, il se dirige vers sa chambre.

Quand j'étais tout petit, je l'entendais se changer derrière les murs de la cloison et j'étais persuadé qu'il avait une double vie. S'il s'habillait en pleine nuit, c'était pour aller sauver le monde, avec sa cape de super-héros. Un soir, poussé par la curiosité, je m'étais avancé dans le couloir et je l'avais vu descendre l'escalier. Il n'était pas masqué, il ne portait pas de costume rouge et bleu mais un ciré jaune et des bottes en plastique.

— Tu vas où ? je lui avais demandé.

— Ben, pêcher, il m'avait répondu.

J'avais compris ce soir-là que mon père n'attrapait pas dans ses filets des super-vilains mais du hareng. Il n'était pas un héros.

23

À une heure du matin, la porte d'entrée claque de nouveau, mon père est parti travailler. Au pied de mon lit, je confectionne un lit improvisé pour Hazrat, avec une couette, des draps et un vieux matelas que je récupère au fond d'un placard du couloir. Il est l'heure de dormir mais je n'ai pas sommeil, je suis trop énervé.

— Tu veux jouer à la Play ? PlayStation ?

Les yeux d'Hazrat se mettent à briller. Il bondit sur ses pieds et on descend au salon. Au fond du jardin, la maison de Marine Kohller est plongée dans le noir.

— *In the camp, I played sometimes.*

Il n'a pas dû y jouer souvent, à la Play, car il vise mal et il n'a aucun réflexe pour faire exploser les cibles et tuer ses adversaires. Et puis tout ce feu, tout ce sang et ces crachats d'explosion, ça ne doit pas être très gai pour un migrant. Pourtant Hazrat s'amuse comme un gosse de maternelle, il rit aux éclats et son entrain finit par payer. Avec un peu de pratique, il pourrait vite progresser.

Dans la cuisine, la pendule sonne les deux heures du matin.

— Si on faisait des gaufres ?

Hazrat n'a aucune idée de ce qu'est une gaufre mais il me dit oui immédiatement. Il m'avoue que depuis midi, il n'a rien avalé.

— Tu pouvais pas me le dire plus tôt ?

Je pose le téléphone sur la table pour faciliter la conversation, et je lui demande de sortir des œufs et d'en casser deux, pendant que je prépare la dose de farine. À sa façon de cogner maladroitement la coquille contre le saladier, je comprends qu'il n'est pas un spécialiste des fourneaux.

— T'as jamais cassé un œuf de ta vie, c'est ça ?

Hazrat sourit, un peu penaud.

— Avant de partir de chez moi, jamais. Je ne faisais pas la cuisine. Pourtant, j'adorais regarder ma mère et ses belles-sœurs préparer les plats.

J'ai envie de lui dire qu'avant le départ de ma mère, moi non plus je n'avais jamais touché à une casserole, mais je me retiens.

— Tu ne vivais pas qu'avec tes parents ?

Hazrat fait non de la tête.

— Avec mes deux oncles et leurs femmes, la sœur de mon père, ma grand-mère, mon père, ma mère, mes deux petits frères et mes trois sœurs.

On était quatorze en tout, on vivait dans une grande maison.

Je le regarde, abasourdi. Ce garçon qui survit tout seul dans la Jungle vient d'une famille aussi nombreuse ! Il a des frères et sœurs ! Il les a tous perdus ! Je trouve cela tellement triste que je préfère le prendre à la légère.

— La préparation des repas… rassure-moi… vous les aidiez de temps en temps, ta mère et ses belles-sœurs ?

Hazrat bat doucement les œufs et pouffe.

Bien sûr que non ! Dans son pays, les femmes s'occupent de tout à l'intérieur d'une maison : le ménage, la cuisine et l'entretien général. Elles ont une vie très réglée et travaillent sans relâche du matin jusqu'au soir pour nourrir la famille, préparer le pain, chauffer le thé et faire toutes ces choses du quotidien qu'il serait impensable de laisser aux hommes.

Hazrat reste silencieux quelques minutes.

— Ici, les femmes ne se comportent pas de la même manière. Au début, j'étais très choqué mais maintenant, je m'habitue.

Je repense à son air affolé quand il est entré dans le salon de coiffure de Kenza. Il s'habitue peut-être, mais tout doucement.

— Les femmes dans ton pays, elles sont comme on les voit dans les reportages ?

Hazrat me regarde avec l'air de quelqu'un qui ne comprend rien. J'empoigne un torchon que je noue sur la tête et je mime une femme rasant les murs, marchant la tête basse, l'air craintif.

Hazrat hésite entre rire et me jeter le dernier œuf à la figure.

— Tu te moques pas, tu juges pas !

Hazrat m'explique que dans sa famille pachtoune, on respecte les traditions. Les femmes sont voilées, c'est vrai, et sortent rarement de chez elles, toujours avec l'autorisation de leur mari. Mais il me jure que sa famille a beau être conservatrice, les femmes ne sont pas malheureuses. Lui et ses frères et sœurs allaient dans une bonne école à moitié bilingue où ils apprenaient l'anglais et les hommes travaillaient. Le soir, tous les membres du clan partageaient le repas dans une grande cuisine, il y avait beaucoup de rires et de joie.

— Toutes ces odeurs de cuisine, la menthe, les oignons marinés, le kebab au feu de bois, ça me manque beaucoup. Autant que de ne pas aller à l'école.

Toujours le torchon sur la tête, j'interromps Hazrat pour lui expliquer comment faire fondre le beurre dans une casserole.

— Pourquoi t'es parti alors ?

— C'est difficile à raconter, marmonne Hazrat en remuant le beurre tout en tenant le téléphone.

Raconter la guerre à des gens comme moi qui n'ont aucune idée du fracas d'une bombe et de l'odeur écœurante du sang séché, ça ne sert à rien. Même en faisant un effort d'imagination énorme, on ne peut pas s'approcher de cette réalité-là.

— Toi, quand tu sors de chez toi, tu n'as pas peur. Comment veux-tu comprendre ?

Sa remarque me laisse songeur. Jamais en effet je ne suis sorti de chez moi en ayant une boule au ventre. Hazrat, lui, oui.

— Raconte-moi quand même un peu.

Hazrat prend sa respiration.

— Un matin, un homme barbu est venu à la maison, il venait de la part d'un religieux important.

La voix d'Hazrat se casse aussitôt. Il verse nerveusement le beurre fondu dans le saladier que je lui tends.

— Il a dit à mon père que les talibans avaient besoin d'un garçon comme moi. Il fallait que je les aide à expulser les infidèles qui occupaient l'Afghanistan.

Les talibans, ça me dit vaguement quelque chose. Je me souviens d'un magazine que j'ai feuilleté un jour chez le docteur.

— Ce sont ces barjots avec de longues barbes qui tuent les femmes à coups de pierre ?

Hazrat a un sourire triste.

Oui, les talibans sont des ultraconservateurs et ils sont revenus au pouvoir dans son pays. Mais pendant vingt ans, ils en ont été chassés par les Américains et ils se sont mis à mener des tas d'attaques contre les militaires et les hommes et femmes politiques, pour se venger, en quelque sorte.

— Et pourquoi ils avaient besoin de toi ?

— Les talibans menaient beaucoup d'attentats à la moto piégée à Kaboul.

J'attends la suite, craignant de comprendre.

— Ils voulaient me recruter pour que je fasse moi aussi une attaque suicide. Soi-disant que j'étais le meilleur pour ça.

Je regarde distraitement le beurre, la farine, la levure et les œufs battus qui stagnent dans le récipient.

Hazrat se déplace jusqu'à la fenêtre et jette un coup d'œil dans la nuit, avant de reprendre le téléphone.

— Mon père a refusé d'écouter le messager du mollah et ma famille a commencé à recevoir des menaces.

Des lettres étaient déposées sous la porte de sa maison, même la nuit. Puis des hommes se sont mis à le suivre à moto, dans la rue, quand il partait en classe. Ils le menaçaient. Chaque fois que Hazrat entendait un bruit de moteur, il se mettait à courir. Il avait peur d'être enlevé et emmené dans un camp d'entraînement. Même sa Pamir, il ne voulait plus en faire. Et puis un matin, le directeur de son école est venu le chercher alors qu'il était en cours. Il faisait une drôle de tête.

— Il m'a annoncé que mon père avait été tué.

Je bouge lentement la cuillère sans regarder vraiment ce que je suis en train de remuer.

— Ce qui s'est passé, c'est que les talibans sont venus au garage automobile, ils ont essayé de parlementer avec mon père, la situation a dégénéré et des tirs ont éclaté.

Les jours suivants restent confus dans son esprit. Il se souvient seulement de longues palabres entre ses oncles et de cette veillée au cours de laquelle sa mère l'a pris à part pour lui dire qu'il devait partir loin d'ici, en Europe, pour se mettre à l'abri. Elle ne l'a pas autorisé à poser de questions car dans sa culture, on ne discute pas les ordres venus des parents.

Je n'ose plus faire un geste et j'écoute Hazrat me raconter la suite de son drame.

Quelque temps après, un homme qu'il n'avait jamais vu s'est garé devant chez eux. Son plus jeune oncle lui a demandé de le suivre jusqu'à la porte où sa mère l'attendait déjà. Sans un mot, elle lui a tendu un sac dans lequel elle avait mis quelques T-shirts, une paire de tennis, des gants, quelques sous-vêtements en laine et une veste doublée de polaire. Puis elle l'a serré violemment dans ses bras, à l'étouffer. À cet instant, Hazrat a compris. Pendant quelques secondes, il s'est agrippé à elle, il ne voulait pas la quitter, il avait peur. Mais sa mère, doucement, l'a repoussé.

— Elle m'a dit de ne l'appeler qu'une fois arrivé à destination. Et de ne jamais revenir sur mes pas.

Hazrat se souvient de ces mots, qui ont eu l'effet d'une torpille lancée contre son cœur. Il se souvient aussi des yeux de sa mère, hagards. Elle lui a tendu une enveloppe qui contenait quatre cents dollars.

— Elle t'a laissé t'en aller comme ça ?

J'ai la bouche ouverte de stupéfaction.

— Quand je me suis retourné une dernière fois dans la voiture, j'ai vu que mes oncles la soutenaient parce que ses jambes ne la portaient plus.

Nos pensées s'évadent dans le silence de la nuit. Je pense à ma mère, qui ne m'a même pas dit au revoir, après tout. Je me tourne vers Hazrat. Des larmes coulent sur ses joues. Je pose ma main sur son épaule.

— On les fait, ces gaufres ? Tu vas voir, c'est pas afghan mais c'est bon.

Hazrat essuie ses larmes et suit mes instructions pour verser la pâte dans le gaufrier.

— C'est qui Lonardodicapro ? me demande-t-il.

— Un type qui a eu plus de chance que toi dans la vie.

On ferme la traduction, je cherche sur internet un chanteur afghan dont Hazrat me donne le nom et je branche le téléphone sur l'ampli. Manger des gaufres au son de la musique pop pachtoune à plein volume, ça change.

24

On n'a pas beaucoup dormi et le stress nous a réveillés avant la lumière du jour.

Sur mon lit que je lui ai laissé, Hazrat a pourtant l'impression d'avoir passé la nuit dans un palace.

— Au camp, je dors sur des cartons.

J'ai honte qu'un pays comme le mien n'ait rien d'autre à lui offrir. En vitesse, je sors ce que je trouve dans la cuisine : du lait froid, la boîte de cornflakes, du pain de mie et du Nutella, et même un œuf que je fais cuire à la poêle. Hazrat accepte avec reconnaissance ce que je lui tends.

De temps en temps, je tourne la tête vers la porte d'entrée, tendu à l'idée de voir surgir mon père.

— Où ta mère est ?

La question d'Hazrat, posée en français, me désarçonne et la casserole que je tiens dans les mains manque de terminer sur le carrelage.

J'hésite à lui avouer la vérité. Je me dis qu'il ne pourra pas comprendre. Sa mère à lui s'est sacrifiée pour qu'il ait une meilleure vie. Comment lui expliquer que la mienne est partie pour convenance personnelle ? Dans son pays, une femme ne quitte pas son foyer par lassitude ou parce qu'elle en a assez de sa famille. Dans ce cas, elle risque de passer un sale quart d'heure.

— *You can't understand.*

Un instant, Hazrat plonge son regard dans le mien comme s'il comprenait qu'un secret se cachait entre mes mots. Mais il n'insiste pas. Il a assez de galères dans sa vie pour ne pas avoir envie de s'attarder sur celles des autres. Je peux le comprendre. J'attends qu'il termine son petit-déjeuner et je lui propose de refaire sa garde-robe.

— Parce que là, sans vouloir te vexer, on dirait que tu t'apprêtes à jouer dans *Les Misérables.*

J'avais vu ce film avec maman, il m'avait marqué.

Dans mon placard, je dégote un jean, un pull et un vieux blouson. Hazrat les enfile et, devant le miroir, il contemple satisfait sa nouvelle silhouette. Il sourit, passe avec coquetterie une main dans ses cheveux pour redonner du sens à la coupe de Kenza.

— Crazy Jumper est satisfait ?

— Merci Manoé. Très bien, articule Hazrat en français.

Pourtant, le pantalon s'arrête au-dessus de ses chevilles.

Dehors, le soleil met de la gaieté dans les herbes hautes du jardin. À nouveau, on le traverse en courant comme des voleurs, on extirpe la moto du tas de bois et, le plus vite possible, on la pousse jusqu'au trottoir. Derrière les haies, la voisine de gauche nettoie les balustrades en fer forgé de sa terrasse en écoutant la radio. Heureusement, elle nous tourne le dos.

Hazrat saute sur la moto et entreprend de la faire démarrer. Mais le moteur fait de la résistance. Une tentative, deux tentatives. Soudain, je vois le danger poindre à l'horizon : Marine Kohller, sur le trottoir, qui avance avec sa démarche de pachyderme. Les yeux de la flic se braquent sur nous comme le viseur d'un appareil photo. Dans ma tête, c'est comme si j'entendais le bruit en rafale du déclencheur. Clic, clic, clic ! Elle a photographié Hazrat. Elle va maintenant le classer dans sa bibliothèque mentale de fouineuse professionnelle.

— *Hurry up !* je souffle.

Hazrat appuie de toutes ses forces sur le démarreur. Le moteur vrombit. On aplatit nos casques sur la tête, la moto part en trombe. L'espace d'une seconde, je regrette d'avoir fui devant Marine Kohller. J'aurais voulu qu'elle nous empoigne par le bras comme deux gosses, qu'elle nous ordonne d'arrêter nos magouilles. Elle aurait tout balancé à mon père et tout se serait arrêté là. Oui, tout aurait pu s'arrêter là.

Je connais une friche derrière le centre commercial Euro Channel où rien n'a jamais poussé sauf un début de chantier laissé à l'abandon. C'est un terrain d'entraînement idéal.

Pour faire le malin, je fais le premier deux ou trois tours de terrain pour voir si je suis capable de conduire une Yamaha. Je suis obligé de dresser assez vite un bilan négatif. Autant j'aime la vitesse en mer, autant sur un deux-roues, je ne suis pas doué. Rapidement, je passe la main à Hazrat et je m'assois sur un tas de briques pour le regarder évoluer.

J'ai encore de gros doutes sur ses capacités. Il est peut-être le plus titré de son pays mais ici le niveau est sacrément plus élevé. Je crains qu'il soit aussi préparé à ce qui l'attend qu'un joueur de foot de l'équipe du Kenya débarquant au PSG. Les motos sont de vrais bêtes ici, capables de grimper à cent kilomètres-heure en quatre secondes ! Rien à voir avec sa Pamir machin. Je ne conteste pas à Hazrat son titre de champion de la mobylette sur terre séchée, mais c'est un véritable roi du cross bitume qu'il va devoir affronter.

Est-ce qu'il a lu dans mes pensées et veut m'en mettre plein la vue ? Hazrat pousse sur l'accélérateur et démarre en trombe. À une vitesse supersonique, il traverse la friche, exécute une sorte de dérapage contrôlé avant d'attaquer l'angle suivant en mettant les gaz. Son accélération dégage un nuage de poussière blanc. Après la largeur, il s'attaque à la longueur, en effectuant plusieurs figures de style, d'abord avec une seule main puis sans aucune. Et les pieds ? Il a l'intention de les lâcher aussi ? Je suis comme un spectateur assistant à une exhibition. La moto se cabre puis part en trombe sur la roue arrière. Quelques mètres plus loin, elle retombe souplement sur ses pattes. Du travail de pro.

Pendant une demi-minute, Hazrat laisse le pot d'échappement reprendre son souffle puis il repart à l'assaut du terrain, en faisant ronronner la machine. Virage à cent quatre-vingts degrés. Il fonce vers le bout du chantier, pile, repart dans l'autre sens, toujours plus vite, toujours plus fou. Sous ses coups d'accélérateur, la Yamaha bondit, se cabre, virevolte.

Cet Afghan ne fait pas de la moto, il danse avec la moto.

Je suis pris d'un espoir fou.

25

Le boulevard Servier à cette heure ici, c'est un mini-Kaboul avec des feux de signalisation en plus, plaisante Hazrat. L'ambiance y est cafouilleuse. On ne sait pas très bien où commencent les couloirs de bus, où finissent ceux des voitures. Des voitures sont garées en double file et des fourgonnettes de livraison mordent sur la piste cyclable pour décharger leurs marchandises. Sur le trottoir, ça n'est pas plus ordonné. Des grappes de jeunes raclent le bitume avec leurs skates, obligeant les passants plus âgés à slalomer d'un pas hésitant. Il règne un brouhaha confus, mélange de bruits de moteurs, de klaxons et de sonos poussées à fond.

Hazrat étudie le terrain avec une parfaite nonchalance. Il est dans son élément naturel.

— *Are you ready ?* il me lance.

Tu parles que je suis *ready*. Mes pieds fondent de transpiration. Je préférerais être partout ailleurs qu'ici, même sur le pont de *L'Envolée*. Mais je fais oui de la tête, sous mon casque.

Hazrat fait beugler le moteur et la moto bondit. À une vitesse qui me semble tout de suite au-dessus des limites autorisées, il se lance dans le trafic, frôlant les voitures, zigzaguant entre les scooters et les fourgonnettes. Un bus déboule d'une rue adjacente, Hazrat l'attaque sur le flanc gauche. Je me penche sur le compteur, je vois la flèche monter à quatre-vingt-dix kilomètres-heure. À cet instant, je décide de fermer les yeux.

Je ne les rouvre que devant la tour des Muguets. Hazrat pile.

Je descends le plus dignement possible de la moto, mais j'ai de la ouate à la place des jambes et je tremble comme une feuille battue par le vent d'Alaska. Hazrat enlève son casque, il se cale sur la selle, me fait un clin d'œil et sort de sa poche quelques pièces de monnaie.

— *Could you buy a coca for me ?*

De la tête, il me désigne le bar-PMU qui fait face à la tour. Désormais, il est aux commandes et je m'exécute.

À deux, on partage la canette en faisant semblant de bavarder mais en réalité, on observe à la dérobée les mouvements des jeunes au pied de la tour. Une descente du boulevard à cette allure, forcément, ça se remarque.

— Ils sont en train de prévenir Larry, je glisse à Hazrat en français.

L'Afghan comprend et approuve de la tête.

— *Now, you stay here. I make a ride again.*

Il refait un tour ? Je compresse la canette de coca dans mes mains.

Hazrat remet son casque et enfourche sa moto, me plantant seul sur le trottoir. Les minutes me semblent interminables, j'ai l'impression que la tour des Muguets a les yeux rivés sur moi. Encore quelques minutes comme ça et Larry va dépêcher ses gardes du corps pour me faire la peau. Mais je ne vais pas me laisser faire.

Soudain, j'entends le vrombissement de la moto. En tournant la tête, je vois Hazrat foncer au milieu des véhicules, ignorer le dos d'âne au milieu du boulevard et l'attaquer à une vitesse indécente. Un instant, la moto effectue un vol plané puis se rétablit. Une pluie de klaxons s'abat sur lui. Le pilote pousse davantage encore sur l'accélérateur. Il est fou. Le feu de signalisation, devant moi, passe au rouge. La moto poursuit sa route, faisant un écart pour éviter une voiture déboulant de la droite. J'entends encore quelques instants le bruit du moteur, des klaxons affolés puis la circulation engloutit la Yamaha.

Sur la chaussée, ça s'agite. Un costaud d'une vingtaine d'années s'approche d'un pas vif de la tour, je le vois parler à un type coiffé d'une casquette qui enfourche immédiatement un scooter. Je reste planté là, sans savoir quoi faire, en prenant des pauses faussement décontractées.

Encore cinq minutes s'écoulent et Hazrat remonte le boulevard de l'autre côté de la chaussée, à un rythme cette fois plus nonchalant, en faisant valser les roues de la moto. Il les nargue, tous ceux de la bande à Larry postés dans leurs tours de guet ! Tranquillement, il me rejoint sur le trottoir.

Le show est terminé. La suite ne nous appartient plus.

Le premier à poindre le bout de son nez, c'est le sadique à la joue balafrée. Froidement, il nous fait signe de le suivre jusqu'à l'ancien square de jeux derrière la tour. Larry nous y attend déjà, entouré de sa cour. Cette fois-ci, il daigne nous saluer brièvement de la tête. Il se tourne vers Hazrat.

— Tu veux quoi, le pouilleux, au juste ? Me défier ?

Je fais la traduction et Hazrat hoche la tête.

Larry a une petite moue ironique.

— C'est quoi ton délire ? Te payer une séance d'humiliation ?

Je préfère répondre à sa place.

— Ça reste à prouver, l'humiliation.

Un silence pesant s'abat sur les bancs. Larry nous dévisage tous les deux et, pendant un instant, il hésite à nous cracher au visage. Puis une lueur de curiosité brille dans ses yeux.

— Rendez-vous ici dans trois jours, mardi. Ça vous va ?

— Ça nous va à condition que les paris soient lancés.

Cette fois, Larry éclate de rire.

— Parce que vous avez de l'argent à miser ? Avec votre dégaine ?

Je préfère ne pas relever. Autant y aller au culot.

— Trois cents euros, sinon on ne se déplacera pas.

Murmures interloqués dans l'assistance. Je vois Benji le sadique se pencher à l'oreille de Larry. Mais celui-ci semble refuser sa proposition d'un geste de la main.

— Vous êtes des branleurs mais vous manquez pas de cran. Rien que pour ça, je dis oui.

Sensation de triomphe dans mon cœur.

— Vous avez intérêt à avoir la thune avec vous. Sinon…

Larry et Benji échangent un regard entendu.

26

Ma fréquence cardiaque bat tous les records. Cette bécane, c'est la dernière fois que je la ramène ici. Le souvenir de Marine Kohller reste planté dans mon esprit comme une écharde. Si elle parle à mon père…

À côté de moi, Hazrat s'applique à cacher le guidon de la moto avec des gestes calmes et précis. Il est aussi placide que ces bûches de bois qu'il empile les unes sur les autres. Comment peut-il être aussi posé après cette poussée d'adrénaline ? Je vérifie que Marine Kohller ne rôde pas dans son jardin et je fais signe à Hazrat de me suivre vers la maison. En ouvrant la baie vitrée donnant sur la pelouse, je bute sur mon père.

Un instant, j'en ai le souffle coupé.

— Papa, qu'est-ce que tu fais là ?

J'ai la voix d'un coupable.

— Ben tu vois, je rentre chez moi !

À cette heure-ci ? Quelque chose cloche.

Mon père se tourne vers Hazrat. Il attend sans doute un “bonjour” qui n’arrive pas. Hazrat tourne vers moi des yeux affolés.

Je prends les devants.

— Hazrat. Un copain d’école. Il est venu jouer à la Play.

— T’es accro comme mon fils aux jeux vidéo ? bougonne mon père.

Un silence. Hazrat reste planté devant lui, bras ballants, les yeux baissés.

— Il ne parle pas très bien français encore.

— Ah…

Mon père le scrute avec un peu plus d’attention, ses yeux s’attardent sur ses joues raturées de cicatrices puis son blouson. J’empoigne Hazrat par le bras.

— Je le raccompagne !

Au portail, je propose à Hazrat de le retrouver dans trois jours au muret, près de la baraque à frites de Jo. Je le regarde partir de son pas traînant, le cœur serré à l’idée de le renvoyer vers la saleté et la faim.

Je retourne au salon, où mon père est en train de décapsuler une bière devant la télévision allumée.

— Pourquoi t’es rentré si tôt ? Un problème avec le bateau ?

— Non. Un problème avec les autorités de ce pays. Mais ça revient au même.

Je le regarde avec des yeux ronds. De quoi me parle-t-il ?

— Les Hollandais sont allés trop loin. Cette fois, on passe à l'attaque.

— À l'attaque ? Mais l'attaque de quoi ?

Tout en jetant un œil à la télévision, mon père m'explique brièvement la situation. Les patrons pêcheurs du port entrent en résistance à partir de ce jour. Les Hollandais mènent une concurrence déloyale, le poisson manque. La situation n'est plus tenable, il faut faire pression sur les autorités publiques.

— Mais vous allez entrer en résistance comment ?

Je commence à craindre le pire.

Mon père se dirige vers la cuisine pour mettre à tremper son ciré dans une bassine d'eau chaude et enfiler un vieux chandail.

— Cet après-midi, on commence par balancer deux tonnes d'algues devant la préfecture. Et ensuite… le blocus.

— Le blocus ?

Je suis de plus en plus ahuri.

— Sur l'eau. Je t'expliquerai plus tard.

Évidemment, plus tard. Encore une de ces "affaires d'adultes" qui ne me concernent pas. Je sens mon estomac se nouer.

— Et… et si tu travailles plus, pour vivre on fait comment ?

Retour au salon. Mon père a pris la télécommande et augmente le volume. Une animatrice aux cheveux roux bouclés apparaît sur l'écran, annonçant le bulletin d'informations régionales.

— T'inquiète pas. On va se débrouiller.

Mais non, on ne va pas se débrouiller ! Déjà en temps normal, on ne s'en sort pas. Comment peut-il s'en tirer avec ce genre de réponse ? Je tourne les talons avec l'envie subite de me jeter sur mon lit et de m'endormir illico. Mais mon père me rappelle au pied de l'escalier.

— Mano ! C'est qui ce garçon ?

Je m'immobilise, inquiet.

— Je t'ai dit, c'est un copain.

— Depuis quand tu donnes tes vêtements à tes copains ?

Un silence. Je n'en reviens pas, mon père a reconnu mon blouson ? Lui qui semble ne jamais rien voir de moi…

— Il les aimait bien et je ne les mettais plus.

— Ton copain qui parle pas français aime porter des vêtements trop petits pour lui ?

Silence.

— J'espère que tu ne traînes pas avec n'importe qui.

Je gravis les marches de l'escalier sans répondre. "Occupe-toi de faire la révolution et ne te mêle pas de mes affaires", je marmonne entre mes dents.

27

Dès le lendemain, mon père et ses copains marins pêcheurs décident d'employer les grands moyens. Le tas d'algues et de boue qu'ils ont déposé la veille devant les fenêtres de la préfecture n'a pas suffi à faire céder les autorités. En assemblée générale, ils ont voté le blocus et, dans la foulée, ont sauté dans leurs chalutiers. Direction l'entrée du chenal, où les navires se sont amarrés à couple, flanc contre flanc, pour former une muraille mouvante, avec leurs mâts dressés comme des herses dans le ciel blanc.

Sur le quai, j'observe la pagaille provoquée par leur rébellion. Des officiels de la mairie ou du gouvernement, les cheveux malmenés par le vent, commentent la situation devant des micros tendus. Ce blocus est une catastrophe pour la ville ! On ne peut pas paralyser ainsi tout le trafic maritime et pourrir la vie de centaines de gens ! C'est un chantage inadmissible !

Devant la capitainerie, j'entends un homme confirmer que, depuis le matin, aucun ferry ni aucun navire marchand ne peut plus débarquer ses marchandises ou ses passagers.

— On va leur coller la frousse, m'a prévenu mon père au téléphone avant de prendre la route du large.

Des curieux se sont attroupés sur la jetée pour observer le blocus avec des jumelles. Près des étals fermés où les pêcheurs vendent habituellement leur poisson, j'aperçois Jeff. Je m'approche.

— T'es pas avec eux ?

Jeff me regarde avec une mine contrariée.

— Ma copine doit accoucher dans les prochains jours, je voudrais pas être coincé en mer.

Dans les prochains jours ? Ce qui veut dire que cette petite opération de protestation pourrait s'éterniser ? Et la Champions League qui a lieu dans deux semaines…

— Il paraît que je passe à côté d'un moment quasi historique, grimace l'ancien matelot de mon père.

Tout de suite les grands mots… Ce qui se joue là, ce n'est quand même pas la bataille de l'Atlantique ! Je regarde la mer et les embarcations barrant l'entrée du chenal. Une légère appréhension ralentit les battements de mon cœur. Et si les ferries tentaient de passer en force ? Si la gendarmerie maritime décidait d'intervenir ?

Je regarde le couteau multifonctions avec lequel Jeff est en train de tailler dans des caisses en polystyrène.

C'est un beau Leatherman, qui porte des initiales dorées J. M. – pour Jeff Marly, je suppose.

— C'est de l'or ?

Jeff s'esclaffe.

— Non, mais c'est un super beau cadeau de ma copine. Un Leatherman customisé avec mes initiales !

— Alors Manoé, j'espère que tu ne te fais pas trop de souci pour ton père !

Je sursaute.

Quitterie se tient derrière moi. Elle m'embrasse sur la joue.

— J'étais sûre de te trouver ici. Allez, viens, on va récupérer tes affaires pour cette nuit. Ordre de ton père !

Je suis au courant, mon paternel m'a déjà déroulé le programme : aller dormir chez Quitterie, me tenir à carreau, l'aider à préparer le repas.

— C'est obligé d'aller chez toi ?

Le visage de Quitterie s'assombrit.

— Sympa.

Je me mords les lèvres.

— Non, c'est pas ce que je voulais dire ! Mais Christophe, ça va l'embêter…

La honte dévore ma conscience, voilà le fond de l'affaire. Je me sens horriblement mal à l'aise de m'installer chez Quitterie, dormir dans son hamac et faire abstraction de la moto que j'ai volée.

— Christophe ne sera pas là.

Quitterie a parlé d'une voix plus sèche qu'à l'ordinaire.

— Je l'ai fait fuir ? j'ironise.

Quitterie grimace.

— Non, je le fais fuir. Ou plutôt c'est moi qui le fuis. Enfin… c'est un peu compliqué, tout ça.

Encore des histoires d'adultes auxquelles je suis censé ne rien comprendre comme d'habitude.

— Vous vous séparez, c'est ça ?

Quitterie a une expression gênée.

— Oui.

Je cherche un instant dans ma tête les formules d'usage à débiter en pareil cas. Je suis désolé pour elle, etc. Mais Quitterie ne me paraît pas triste et moi, je me sens soudain euphorique à l'idée de pouvoir passer du temps chez elle sans tomber sur son chevalier au triste visage. Si ça se trouve, mon père est pour quelque chose dans sa décision ?

Bras dessus, bras dessous, on gagne à pied sa maison.

Devant chez elle, la voiture de Christophe stationne et je perds un peu de ma bonne humeur.

— Je viens chercher quelques affaires, marmonne son ex-compagnon, sans nous jeter un regard.

Pendant qu'il rassemble bruyamment des objets dans le salon, on s'installe sur la terrasse, Quitterie et moi. Je ne sais pas quoi dire, Quitterie non plus, et on laisse le vent faire la conversation à notre place et même piailler à nos oreilles.

Christophe finit par sortir.

— Faudrait qu'on fasse le tri dans l'établi aussi.

Je tressaille.

Quitterie a un soupir agacé.

— Ça pourrait pas attendre la semaine prochaine ? Je ne voudrais pas laisser Manoé en plan. Il se fait du souci pour son père.

Le regard de Christophe se pose sur moi. Je prends une mine de chien battu, sans être sûr de pouvoir amadouer un type comme lui. Il a le cœur aussi dur qu'un morceau de bouleau.

— Comme tu voudras, déclare-t-il pourtant.

L'instant d'après, la porte d'entrée claque. Quitterie sursaute puis masse doucement ses yeux avec sa main. Elle me semble fatiguée tout à coup.

— Allez, Mano, on allume la télé pour voir les infos ?

Merveilleuse Quitterie, qui m'a sauvé la mise encore une fois. Je suis prêt à tout pour lui faire plaisir. Même faire semblant de m'intéresser à ces histoires de pêche.

Sur un des fauteuils du salon traîne un pull qui ressemble à celui de mon père. Quitterie branche la chaîne d'informations en continu. Elle est persuadée que même "au national" on parlera de l'événement. Elle ne se trompe pas. Cinq minutes plus tard, l'image du chenal et des chalutiers au mouillage envahit l'écran de télévision. Le présentateur prend une voix grave pour annoncer la fronde menée par les marins pêcheurs dans le nord du pays. Les autorités françaises n'entendent pas céder à ce chantage, même si l'activité des ferries est bloquée.

Le caméraman fait un plan resserré sur *L'Envolée*. Je cesse de respirer.

— Sébastien Vanleberghe, vous m'entendez ? lance le présentateur.

Quelques crachouillements dans le combiné puis papa confirme qu'il reçoit cinq sur cinq.

Je n'y crois pas : il est interviewé en direct par téléphone depuis son bateau !

— Que réclament aujourd'hui les marins pêcheurs ?

— Ils réclament d'être entendus. Ils réclament d'être payés décemment pour les douze heures de travail qu'ils fournissent tous les jours.

Mon père répond posément à la question du journaliste. Et à la suivante. Je ne l'ai jamais entendu faire des phrases aussi longues, ni aussi sophistiquées. Lui qui ne dit jamais trois mots à la maison fait preuve tout à coup d'une aisance stupéfiante. Il parle presque comme un président de la République.

— Avec lui, c'est deux poids, deux mesures, je marmonne.

Quitterie est visiblement captivée par ce qu'il raconte.

— T'as dit quoi ? me demande-t-elle d'un ton distrait, les yeux rivés sur l'écran.

Je regarde le pull sur le fauteuil. J'en suis sûr maintenant, c'est bien celui de mon père.

— Rien. On pourrait pas changer de chaîne ?

Il m'énerve là, une fois de plus. Je ne vais pas le plaindre avec ses galères et ses histoires de pêche électrique. C'est de sa faute s'il en est là. Il n'avait qu'à lâcher ce bateau, comme maman le lui demandait. Seulement voilà, il n'a rien voulu entendre.

28

Depuis deux jours, mon père reste campé aux portes de la Manche sans bouger de son piquet de grève flottant. C'est un homme de mer, il n'est pas du genre à capituler facilement. Même si ferrailler contre les vagues déchaînées, ça n'est pas la même chose que ferrailler contre une armée de technocrates. Sur terre, les négociations sont au point mort. Les représentants de l'État sont inflexibles et ne veulent rien lâcher. C'est à qui craquera le premier. Financièrement, mon père commence à être étranglé. Il me l'a avoué au téléphone hier : trois nuits de pêche en moins vont peser lourd dans le panier de ses dettes. Mais malgré la perspective de finir en caleçon à la fin du mois, il n'a pas l'intention de fléchir.

— Ça va, toi, avec Quitterie ?

— Moi ça va mais pour Quitterie, c'est plus compliqué. Elle et Christophe, c'est fini.

— Ah...

Pendant quelques secondes, mon père s'est tu.

On est mardi et depuis cinq heures du matin, je suis debout, ravagé par le stress. J'ai dit au revoir à Quitterie, partie travailler au club, et au lieu de prendre la direction du collège, je descends au port. Je trouverai une excuse plus tard. Pendant un moment, je reste planté sur le quai, à observer au large les chalutiers en grève.

Mon père va le remporter, ce bras de fer. Et ensuite, il aura forcément envie de fêter la victoire. Il ne pourra plus me dire non, si je lui tends deux billets aller-retour en Eurostar... Dans ma tête, je déroule le scénario idéal. Je tente de me galvaniser et de surmonter la peur qui ralentit chacun de mes pas.

J'ai l'impression qu'un compte à rebours est enclenché. Lentement, je dépasse le port, je longe la côte et j'arrive au muret. Sur la plage, j'aperçois Hazrat sortir de la brume du petit matin et tout de suite, je note un changement. Cela ne tient ni à ses vêtements, toujours aussi froissés, ni à ses cheveux, qu'il a consciencieusement ramenés en arrière comme le lui avait montré Kenza. Non, c'est autre chose... Un détail dans son allure... Il marche droit, la tête haute... Je mets quelques secondes à comprendre : il ne boite plus !

Plus il avance vers moi, plus je suis frappé par sa démarche princière, qui fait oublier son pantalon trop court et ses baskets boueuses.

Hazrat me salue en inclinant la tête. Je regarde ma montre, il nous reste une demi-heure avant le déclenchement des hostilités.

— Je t'offre une frite !

Derrière le comptoir de sa baraque, Jo nous a reconnus et nous verse une portion plus que généreuse dans une barquette en plastique grand format.

— Faut encore qu'il se remplume, ton copain !

Il me fait un clin d'œil.

On retourne s'asseoir sur le muret et je tends la barquette à Hazrat.

— Prends, j'ai pas faim.

Je le regarde manger ses frites et je ne sais pas pourquoi, je pense à la dernière cigarette du condamné, celle que l'on donnait à fumer à celui qui allait mourir. La prof d'histoire nous avait lu un texte terrible sur les dernières minutes de Hamida Djandoubi, le dernier homme à avoir été exécuté en France. Il avait fumé deux cigarettes, calmement, en réclamant qu'on desserre ses menottes. La troisième cigarette, une Gitane ou une Gauloise sans filtre, on la lui avait refusée.

À quoi pense Hazrat en mangeant ses frites ? Est-il lucide ? A-t-il conscience des risques qu'il prend ?

— Tu sais, j'ai survécu à beaucoup de choses déjà.

Il a parlé d'une voix douce, comme s'il avait entendu mes pensées.

On reste silencieux un moment à regarder la mer et les côtes anglaises qui dévoilent leurs courbes malgré l'horizon brouillé. Je sors mon téléphone et je convoque la traductrice.

— Tu ne m'as pas expliqué. Pourquoi il te faut tout cet argent ?

Hazrat prend le téléphone.

— Tarif minimum. Avec ça, le passeur t'ouvre la bâche du camion et la referme derrière toi.

Sa manière détachée de parler contraste avec la violence et le danger contenus dans ces mots. Le passeur. Un exploiteur de misère, d'une brutalité inouïe, d'après ce que m'a dit Quitterie.

— Il te rembourse au moins si ça ne marche pas ?

Les yeux d'Hazrat s'agrandissent de plusieurs centimètres. Il n'en revient pas d'une question aussi naïve.

— Même si je suis expulsé, ils ne rendront rien des milliers de dollars donnés par ma famille !

Puis il sort son propre téléphone, pianote dessus et me le montre. Une jeune femme aux grands yeux noirs, les cheveux recouverts d'un voile, apparaît sur l'écran.

— C'est ma tante. Elle m'attend juste en face.

Je regarde la photo. Ses yeux allongés ressemblent à ceux d'Hazrat.

— Elle est mariée avec un cousin de la famille de mon père. Dans leur petit appartement, ils ont prévu une chambre pour moi. Mais…

Hazrat regarde la mer en plissant les yeux. De profil, je vois la cicatrice de son cou encore à vif.

— Quelquefois, je me demande si j'arriverai à les rejoindre. Je suis fatigué. Ma famille me manque.

Hazrat pose une main sur son cou blessé.

— Certains jours, j'ai peur de devenir fou. Je me demande pourquoi Allah me met à l'épreuve comme ça. Cette étape, c'est la pire de tout mon voyage.

Je ne sais pas quoi lui dire. Le réconforter ne sert à rien. Est-ce que j'en sais quelque chose, moi, de ses chances de réussite ?

On reste un long moment à contempler l'horizon blafard.

— Ta mère aussi est en Angleterre ? me demande soudain l'Afghan.

Il a deviné.

— Oui.

Je laisse passer une seconde et puis je me lance. Tant pis pour les préjugés.

— Elle est partie.

Je m'attends à une réaction choquée d'Hazrat, à des questions outrées. Quand on a grandi dans un milieu strict et conservateur comme le sien, on voit le monde d'un autre œil. Mais il pose une main sur mon épaule.

— Ta mère t'a quitté… La mienne m'a obligé à partir. Et nous, on n'avait rien demandé dans tout ça !

Je suis bouleversé par sa délicatesse et par sa façon de ne pas jeter la pierre. Il a raison en plus : c'est à nous d'interpréter cette partition écrite par nos mères.

— Pourquoi tu veux aller là-bas si elle t'a abandonné ?

— Pour voir à quoi elle ressemble aujourd'hui. Pour mettre à jour mes souvenirs. Son visage… je l'oublie.

Hazrat fait couler pensivement du sable entre ses doigts, puis il reprend le téléphone.

— Tu devrais rester avec tes souvenirs.

Je le regarde, offusqué. Mais comment peut-il me dire une chose pareille ?

Hazrat se tourne vers moi. Son regard est doux, presque triste. Je repense soudain à ce qu'il m'a dit de la disparition de son père, auquel il tenait tant.

— Je dis pas ça pour te faire du mal, ajoute Hazrat.

J'attrape un bout de bois flotté et, tout en lui expliquant comment j'ai gagné des billets pour la finale de la Champions League, je dessine sur le sable un plan du stade et la rue où vit ma mère, à dix minutes à pied de là.

— Je profiterai du passage à la buvette pour partir en douce et je glisserai un mot dans la poche de mon père pour pas qu'il s'affole.

— Et si ta mère n'est pas chez elle ?

Je hausse les épaules.

— J'attendrai devant sa maison. Mon père finira par me retrouver et il attendra avec moi. Il n'aura pas le choix.

Hazrat hoche la tête.

— J'espère que ça va marcher pour toi.

— Pour toi aussi, j'espère que ça marchera.

Je me mords les lèvres. Traverser la Manche est aussi simple pour moi qu'un achat au comptoir SNCF. Tandis que pour lui… Il vaut mieux ne pas trop se raconter nos vies respectives, le fossé est trop grand.

— On y va ?

Hazrat plante une dernière fois son regard dans la mer.

— Tu les vois aussi, les falaises ?

— Bien sûr que je les vois.

Il me pose la question comme s'il voulait s'assurer que l'Angleterre n'était pas un mirage.

29

On décide de marcher au bord de l'eau plutôt que de prendre par la route. La brume s'est dissipée, quelques promeneurs solitaires, avec ou sans chien, déambulent sur la plage et, de temps à autre, des chars à voile filent dans le vent. Devant nous, un ruban de sable couleur beige-gris s'étend sur plusieurs kilomètres, bordé par la dune, avec son pelage vert d'oyats et de chardons. Pendant un quart d'heure, on avance sans dire un mot puis je repère la fumée des usines au loin et je fais signe à Hazrat qu'il faut bifurquer.

On attaque la montée de la dune. Soudain, à l'abri des longues herbes sauvages, des vêtements épars attirent mon attention. Intrigué, je m'approche, suivi d'Hazrat. Un sac de couchage et une chaussure traînent, abandonnés. Un peu plus loin, un bateau gonflable gît dans un creux formé par le sable. Il est impeccable, comme si ses occupants n'avaient pas eu le temps de l'utiliser. De près, il sent encore le caoutchouc neuf. Que s'est-il passé ?

J'ai entendu mon père parler de ces migrants prenant le large à bord d'embarcations de fortune le long du littoral. Ils sont de plus en plus nombreux à tenter la traversée par la mer, malgré le froid et le danger, désespérés de ne pas pouvoir atteindre l'Angleterre en se cachant dans des poids lourds. La gendarmerie, qui patrouille en permanence dans les dunes, a sans doute intercepté un groupe avant qu'il ne tente l'aventure.

— Migrants, me confirme Hazrat.

Il fixe le zodiac d'un air horrifié. Je sors mon téléphone pour comprendre ce qu'il veut me dire.

— L'autre jour, un Afghan au camp… il a tenté la traversée. Il n'avait pas de gilet de sauvetage, l'eau entrait dans le bateau. Il a supplié le passeur. Ils ont fini par revenir.

Hazrat parle avec des accents de frayeur dans la voix comme s'il avait vécu l'événement lui-même.

— Les courants sont très forts ici, je lui confirme.

— Et là-bas…

Je tends mon doigt vers un point au milieu de l'horizon.

— C'est au moins sept cents navires qui croisent tous les jours dans ce goulot. On appelle ça le rail, c'est comme une autoroute tracée dans l'eau que suivent les grosses embarcations. Elles n'en dévient pas. Traverser ce couloir, c'est un vrai défi.

Hazrat me regarde, surpris.

— Tu t'y connais en bateaux ?

— Un peu oui. Comme toi avec les motos !

Hazrat fait une grimace dégoûtée.

— Jamais plus je mettrai les pieds sur une embarcation. En Grèce, j'ai cru mourir. Je ne sais pas nager.

Je m'approche du pneumatique, un détail attire mon regard. Sur le fond en toile, un couteau est coincé. Je l'attrape, il porte les initiales J. M. en lettres dorées. Se peut-il que ?... Hazrat a déjà rebroussé chemin à grands pas en direction du sentier, refusant de s'éterniser devant ce zodiac. On dirait qu'il a vu le diable.

— T'as tort, c'est vachement bien, le bateau ! je crie en m'élançant à sa suite et en fourrant le couteau dans ma poche.

Arrivé à la maison, je sens mon courage flancher. Discrètement, on récupère la moto derrière sa pile de bois. À nouveau les doutes que je tiens en laisse depuis quelques jours me sautent au visage. Je le fais savoir à Hazrat.

— *But if we lose the game... we don't have any money to pay !*

— *We'll win. Inch'Allah !*

C'est ça, Inch'Allah. Il en a de la chance de croire en son dieu, il me semble que ça lui ôte un gros poids sur le cœur. Je lève le nez vers le ciel, le plafond est toujours aussi gris.

En vitesse, je remets en place les bûches de bois contre le mur de la cabane pendant que Hazrat vérifie l'état du réservoir de la moto.

— Bonjour Manoé !

Cette voix, comme un claquement de fouet.

Marine Kohller se tient près de la haie, une tronçonneuse à la main. Il faut toujours qu'elle ait à portée de main un objet peu réjouissant. Quand ce n'est pas un flingue, c'est un outil capable de vous débiter en morceaux.

— C'est, c'est la moto de mon père… on va la nettoyer, juste… je bégaie.

Stupide. Elle ne m'a rien demandé et je sens le besoin de me justifier, comme un coupable.

— Ton père fait de la moto ?

— Oui, enfin non, c'était avant et…

Le regard de Marine Kohller scanne une nouvelle fois le visage d'Hazrat.

— Tu ne comptes pas monter dessus ?

— Non, bien sûr !

Il va durer longtemps, cet interrogatoire ?

La policière émet un grognement. Puis elle tourne les talons dans son jardin.

Je transpire et j'ai froid en même temps. Vite, pousser la bécane jusqu'au portail. Enfiler le casque. Se mettre en selle. Jeter un œil une dernière fois sur la rue, pour vérifier que Marine Kohller n'est pas sortie de chez elle pour nous espionner. Et le voisin de droite non plus, qui lave sa voiture sur le trottoir quinze fois par semaine. Démarrer le moteur. Mettre le casque. Foncer.

Agrippé à Hazrat, j'essaye de ne pas penser. Penser, c'est ouvrir les vannes de la peur. Je bloque mon esprit, je me rassure en fredonnant cet air de rap que j'ai entendu je ne sais pas où.

Sort le cross volé, cabre même si la roue est voilée[1].

Le trajet n'en finit pas. Hazrat non plus n'est pas à l'aise. Il tourne la tête à gauche et à droite comme une girouette.

On finit pourtant par le voir arriver, ce boulevard Servier dont la chaussée est saturée de voitures. Hazrat gare la moto au pied de la tour des Muguets et, immédiatement, deux gars nous font signe de les suivre.

Larry nous attend avec toute sa bande, avachi dans un canapé défoncé, au milieu des carcasses de balançoires et de toboggans. À sa droite, son adjoint Benji le balafré boit une bière.

— Alors, les gars, prêt à s'ambiancer ?

Je hoche la tête, pas vraiment convaincu qu'on va vivre un grand moment festif.

Larry inspecte notre moto avec une moue dubitative.

— Vous faites dans le vintage, je vois ! Sapés vintage, motorisés vintage ! Et avec ça, homologuée, la bécane !

1. Jul, "Sort le cross volé", album *Dans ma paranoïa*, 2014.

Des rires gras fusent parmi les *riders*, tous retranchés derrière des lunettes et des casquettes de baseball.

Larry lève un bras mou pour faire taire sa cour.

— Je vous propose la descente de nos Champs-Élysées en levée. Chrono en main, les feux rouges sont en option et le casque aussi. Le premier qui arrive en bas remporte la mise.

En levée ? Les Champs-Élysées ? Je le regarde interloqué, incapable de faire la traduction. À côté de moi, Hazrat m'interroge du regard.

— T'as de la ouate à la place du cerveau ? En levée, tu piges ? La roue avant levée ! s'énerve Larry.

Oui, je commence à piger. Les Champs-Élysées… sans doute qu'il veut parler du boulevard Servier. Hazrat ne laisse paraître aucune trace d'émotion lorsque je lui explique le défi qu'il va devoir relever.

— Vous avez le fric bien sûr ?

— Bien sûr.

Larry fore mon regard à travers ses lunettes fumées.

— Montre-moi.

— Je peux pas.

Larry fait un pas vers moi, lèvres pincées.

Il faut que je monte un bobard au plus vite. Je ne sais pas pourquoi, je repense à cette superstition dans un pays d'Amérique du Sud, que m'a racontée Quitterie. Là-bas, on ne pose jamais son sac à main par terre sous peine d'attirer la pauvreté.

— Hazrat… enfin mon copain… Il dit que ça porte malheur dans sa tribu. Chez les Pachtounes, on ne touche pas l'argent avant de conduire. Il paraît que ça amène les accidents.

Larry fait un petit bruit avec ses lèvres. Il hésite. Je mets une couche de plus.

— C'est Allah qui l'empêche.

Les superstitions orientales, Larry, visiblement, il respecte.

— Ça va. Mais je te préviens, toi et ton copain. Si vous payez pas, vous allez finir en grillades, la tête embrochée. Pigé ?

— Pigé.

À cet instant, plus rien ne m'atteint vraiment. Émotionnellement, je suis rincé.

— *What did he say ?* me demande Hazrat, le pied sur le kick de la moto pour la faire démarrer.

Ce n'est pas le moment de stresser le pilote. Je me sens comme un entraîneur qui doit protéger son champion des vicissitudes extérieures.

— Rien. Que dalle.

Une pluie fine s'est mise à tomber. Je cache en vitesse la plaque d'immatriculation avec un foulard que j'ai pris dans le tiroir de mon père. Hazrat me tend son casque. Il a bien compris qu'il n'y a pas droit.

30

Avant de partir à l'assaut du boulevard, Hazrat demande à pouvoir faire un ou deux essais dans le square. Larry donne son aval et s'enfonce à nouveau dans son canapé de jardin, en rigolant bruyamment. Il fait mine de ne pas s'intéresser aux manœuvres de son rival, il plaisante avec ses copains, mais son regard s'échappe en coulisse de temps en temps.

L'Afghan fait vrombir le moteur puis part en droite ligne. Il fait un premier tour du square à un rythme soutenu, en donnant des coups d'accélérateur de temps en temps comme pour vérifier l'état de la mécanique. Soudain, il cabre la moto à la verticale et pousse le moteur au maximum. La machine dressée sur sa roue arrière tourne une nouvelle fois autour du square. Puis une troisième fois, encore plus vite. Dans la tour, des fenêtres s'ouvrent, des têtes se penchent. La moto est à ce point tendue vers le ciel que le garde-boue racle presque le sol. Après deux ou trois minutes de chauffe, Hazrat s'arrête.

Il fait un petit hochement de tête pour me signifier que c'est OK pour lui. Pendant le dernier tour, Larry n'a pas lâché l'Afghan du regard et j'ai vu un éclair d'admiration traverser son visage.

Le prince du bitume fait signe à ses sbires de se rapprocher. C'est le moment de fixer la règle du jeu. Un certain Djibril et moi, on se positionnera en bas du boulevard, à la hauteur du bureau de poste. Ce sera la ligne d'arrivée.

Tout le reste de la bande est invité à se répandre sur la chaussée, au niveau des feux, du dos d'âne, des croisements, pour vérifier que chacun des compétiteurs joue sa partie réglo.

— Si tu reposes la roue une seule fois, tu perds, prévient Larry, avant d'enfoncer sur sa tête sa cagoule de requin.

Hazrat n'a pas besoin de traduction, il a compris. Il me fait pitié. Ce garçon n'a pas mérité cette vie sur le fil. Qu'est-ce qu'il fait dans cette banlieue à six mille kilomètres de chez lui à jouer sa peau ? Bienvenue en Occident.

— Eh, Crazy Jumper… n'oublie pas de faire une prière à ton dieu, ça peut servir.

Hazrat écoute la traduction et sourit.

— Et tu fais gaffe aux vieilles du boulevard, d'accord ?

Hazrat me tapote le dos. Il règle le rétroviseur de la Yamaha puis me serre la main. À son regard, je comprends qu'il est déjà ailleurs, concentré. Il s'élance sur la route à la suite de Larry.

Ce Djibril semble traversé par un courant électrique qui fait tressauter ses épaules à intervalles réguliers. Il grimace, se racle la gorge et présente tous les signes apparents du type ravagé par des tics. Ça promet pour tenir le chrono.

Je le suis jusqu'en bas du boulevard. À la hauteur du bureau de poste, il dégaine son téléphone. Une voix lui répond à l'autre bout et je comprends que Larry prendra le départ le premier. Je sors mon propre téléphone et je prépare le chrono.

— Go !

Djibril a un raclement de gorge nerveux. Les secondes se mettent à galoper sur mon compteur. Je regarde les voitures et les camionnettes descendre à vive allure le boulevard, à peine ralenties par les deux feux rouges et le dos d'âne. Deux bus, l'un à la suite de l'autre, passent sur le couloir prévu à leur usage, puis un camion de déménagement. À cause de la pluie, la chaussée est glissante. Djibril se racle la gorge à intervalles de plus en plus rapprochés. Je ne souhaite pas à Larry de mourir encastré sous un trois-tonnes mais s'il pouvait juste déraper…

Les secondes passent, je ne vois rien venir, je me prends à espérer. Sa roue est voilée, il a mal cabré ? Ou tout simplement, il a perdu le contrôle ?

Et puis soudain, j'entends le rugissement du moteur, conquérant. Sur la chaussée, une monture dressée comme un I, lancée à plein régime, passe devant nous. Un tic laboure l'épaule de Djibril mais il appuie à temps sur son chrono.

Le mien indique trois minutes et cinquante secondes. C'est peu. Je sens des gouttes couler sous mon blouson.

Djibril a rejoint son acolyte au bout du téléphone. Palabres à nouveau.

Je vois Larry remonter le boulevard de l'autre côté de la chaussée et faire le signe de la victoire. Djibril, goguenard, lui répond par le même signe et m'assène une tape vigoureuse dans le dos.

— Ton pote, s'il veut vivre vieux, faut pas trop qu'il vienne se frotter à Larry !

La main mouillée de transpiration, je remets mon compteur à zéro. Si on perd, on n'a pas de plan B, à part prendre nos jambes à notre cou. Et si Hazrat se blesse ? Ne pas penser.

Djibril porte le téléphone à son oreille.

— Le pouilleux est prêt ?

Quelqu'un répond à l'autre bout du boulevard.

— Go !

C'est parti. Je fixe mon regard sur une fille qui a allumé une cigarette sur le trottoir à côté de moi. Elle est belle. Elle a de longues jambes, qu'elle plie en arrière de temps en temps comme pour en évacuer des crampes. Je fixe sa cigarette, je me demande si elle en aura atteint le filtre avant qu'Hazrat n'arrive.

Deux minutes trente au chrono.

Que fera-t-elle du mégot ? Est-elle du genre écolo et le mettra-t-elle à la poubelle ? L'écrasera-t-elle sous sa bottine ? Elle est belle aussi sa bottine, très féminine. Maman avait des chaussures un peu comme ça.

Trois minutes.

Une boule d'angoisse obstrue ma gorge. Il faut que je reste concentré sur cette cigarette que cette fille fume en croisant et décroisant ses jambes. Descendre le boulevard sur une roue au milieu du trafic peut prendre moins de temps qu'inhaler une Marlboro ? Il faut compter combien de taffes ? Je repense à la cigarette du condamné, à Hamida Djandoubi.

Trois minutes vingt.

Le bruit d'un moteur poussé à fond.

Une moto cabrée comme un cheval.

Un seigneur sur la monture.

Djibril et moi, on appuie sur le chrono en même temps. Trois minutes trente.

À côté de moi, la fille continue de tirer sur sa cigarette. Quand je pousse un cri de délivrance, elle tourne vers moi des yeux étonnés.

31

Hazrat me cueille devant le bureau de poste et on remonte jusqu'à la tour des Muguets. En descendant de moto, je suis frappé par l'éclat de ses yeux. L'Afghan a bravé la mort et ce n'est pas l'effroi que je lis dans ses pupilles, mais une sorte d'ivresse, presque une joie sauvage, brute.

— *Are you OK ? You look so pale*, me lance-t-il d'une voix vibrante d'énergie.

Un comble. Des deux, c'est moi le plus éreinté après cette course. Je hausse les épaules, presque vexé. Mais tout de suite après, je lui tombe dans les bras.

— Génial ! Tu l'as pulvérisé, *you're the boss* !

Dans le square où on se précipite pour aller chercher notre récompense, Larry a déjà regagné son canapé défoncé entouré de sa cour qui prend la pose comme dans un clip télévisé. À sa mine renfrognée, je comprends tout de suite qu'il n'a pas du tout apprécié d'être humilié, sur son propre terrain.

Il jette quelques mots de félicitations à Hazrat pour la forme. Puis plus rien.

On attend la suite, qui ne vient pas.

Benji le balafré se met à fredonner un morceau de rap.

— Et l'argent ? je finis par balbutier.

D'un geste théâtral, Larry extirpe une liasse énorme de sa poche et lentement compte les billets jusqu'à atteindre la somme de trois cents euros. Il me tend le paquet et je m'avance pour le prendre. Mais les billets restent prisonniers dans sa main.

— Trois cents euros pour vous mais à condition de continuer la balade.

Pendant quelques secondes, la stupéfaction m'empêche de parler. Larry rempoche les billets. Dans la bande, j'entends des murmures surpris se propager.

— *What did he say ?* me souffle Hazrat.

— *He doesn't want to pay because the game is not over*[1] *!*

Larry se cale au fond de son canapé.

— Franchement, j'aime bien ce qu'il fait, ton pote. Ça vaut le coup de prolonger ce moment de kif.

Il a un sourire forcé.

Menteur. Il veut juste prendre sa revanche après cette défaite cuisante. Il veut prouver à tout le quartier qu'il reste le meilleur, il veut regagner ses galons de prince du bitume. Il a une réputation à tenir !

1. "Il ne veut pas payer parce que la partie n'est pas terminée !"

On est pris au piège. Soit on renonce et on perd tout, soit on continue et on risque le pire. Ou plutôt Hazrat risque le pire. Moi, je m'en tire bien. Du moins, c'est ce que je crois, jusqu'à ce que Larry reprenne la parole.

— Cette fois-ci, je propose qu'on soit à égalité sur toute la ligne.

— À égalité ?

— Votre moto, elle est plus légère que la mienne.

Et alors quoi ? Il veut peut-être qu'on démonte le guidon ?

— Donc toi tu vas monter avec ton pote. On va équilibrer les poids.

— Hein ?

Mon cœur vacille.

Hazrat aussi a un mouvement de recul quand je lui explique la situation.

Pendant deux secondes, on se regarde, indécis. Puis Hazrat me tire par le bras.

— *Come on. Too dangerous for you. We don't stay here*[1].

D'un signe de tête, on salue la bande et sans plus rien ajouter, on se dirige vers notre moto posée à quelques mètres. Je tends son casque à Hazrat lorsque Larry brandit à nouveau ses billets comme un bateleur de foire.

— Je double la mise ! Six cents euros !

1. "Viens, c'est trop dangereux pour toi. On ne reste pas ici."

Dans la bande, des sifflements admiratifs fusent.

Je n'ai pas besoin de traduire, Hazrat comprend très vite dès lors qu'il s'agit d'argent. Il se raidit et contemple les billets que Larry agite sous ses yeux. Puis il me tire en arrière brutalement.

— *Come on.*

Je prends conscience de la situation. Est-ce que j'ai le droit de laisser tout tomber ? Ce garçon végète dans un pays inconnu dont il ne maîtrise pas la langue, seul, sans aide, sans famille, sans ressources. Il est au bout du rouleau. Il me l'a dit sur la plage, il craint de devenir fou. Cet argent, c'est le dernier espoir qu'il a de se donner un avenir dans ce monde. Et là, il se défile à cause de moi. Il se défile parce que je ne suis pas capable d'affronter ma peur, parce que je ne suis pas capable de me donner les moyens de revoir ma mère.

— On y va.

— *Manoé, no... please.*

C'est la première fois qu'il m'appelle par mon prénom. Je revois notre première rencontre dans l'entrepôt. Il m'avait supplié et j'avais cédé. Cette fois-ci, c'est à lui de m'écouter.

32

Dans les tours, l'annonce du défi circule de bouche en bouche, d'étage en étage, de palier à palier. Tout le monde sait que le roi Larry a trouvé plus fort que lui et qu'il est prêt à se battre comme un lion pour conserver sa couronne. Je le devine aux fenêtres qui s'ouvrent, aux bandes de curieux qui se dispersent le long du boulevard Servier et aux téléphones portables dégainés par les uns et les autres. Au milieu du trafic indifférent des voitures se joue une tragédie dont tous les habitants du quartier du Bel-Étang veulent avoir leur part de spectacle.

Larry et Hazrat ont poussé leur moto respective, une Kawazaki et une Yamaha, jusqu'en haut du boulevard. Le premier joue sa réputation, le deuxième son avenir, et moi, je n'ai pas réussi à enrayer le mécanisme infernal qui m'a placé entre les deux.

— On va faire un tour pour rien jusqu'à la voie rapide. Suivez-moi, lance Larry.

Un frémissement parcourt mon dos. C'est parti, les deux motos s'élancent dans le trafic. Descente du boulevard à une allure modérée. Au niveau du bureau de poste, Larry tourne à droite dans une rue tranquille, bordée de véhicules en stationnement. Rue Brossolette, je note. Sa moto file tout droit, puis tourne légèrement à droite sur le boulevard de Chanzy. Clignotant à gauche, pour traverser la voie. Jusque-là, tout va bien. On arrive au pied de la bretelle donnant accès à la voie rapide. Je lève la tête vers le flux des automobiles et au même instant, mon estomac se rétracte. Ce n'est pas une bretelle d'accès mais une bretelle de sortie de la voie rapide.

Larry pile.

— Vous montez sur la voie rapide, vous roulez deux cents mètres, puis vous prenez la première sortie, elle descend sur l'Avenue européenne. Après, c'est un kilomètre en ligne droite, une vraie piste de décollage. Vous arrivez au rond-point de Servier, terminus au point de départ.

Pendant quelques secondes, l'information reste en banlieue de mon cerveau.

— Mais… mais la voie rapide… on la fait à contresens ? Et la sortie aussi ?

Larry a un sourire pervers.

— Je vois que tu piges vite !

Deux cents mètres à contresens sur cette rocade qui charrie un flot de voitures. L'équivalent de deux terrains de foot. Un suicide.

— T'en fais une tête ! C'est pas non plus la mer Rouge à avaler ! rigole Larry.

Ce type est un barjot. Mes mains posées sur mes cuisses se mettent à trembler.

33

Cette désagréable impression que le monde vacille. Que les voitures, les cafés, les gens sur le trottoir se floutent, leurs contours s'estompent, je ne vois plus rien, je n'entends plus que mon cœur qui bat la charge, je me souviens de maman, ou plutôt de ma tête posée contre son épaule au moment de regarder un film ensemble. Son visage, je ne le distingue pas.

Pourquoi on fait ça, Hazrat ?

J'ai envie de lui poser la question mais j'ai déjà la réponse au fond de mon cœur. Bien sûr on fait ça pour l'argent. Mais pas uniquement. On est là devant cette chaussée encombrée de voitures sur laquelle on va bientôt s'élancer, pour se prouver qu'on est encore du côté des vivants. Je repense à une des expressions favorites de mon père : "Il y a les vivants, il y a les morts et il y a ceux qui vont en mer." Eh bien non, papa, tu te trompes. Il y a les vivants, il y a les morts et entre les deux, il y a les migrants. Il y a Hazrat. Et il y a moi aussi. Mais ça, tu ne le sais pas. Et tu t'en fiches, d'ailleurs.

L'Afghan s'est retourné vers moi et pose une main sur mon épaule. Il la serre fort.

— *Manoé... you trust me ?*

Oui, je te fais confiance, Hazrat, mon copain de déroute.

— *Listen. You do EXACTLY what I do, OK ?*

Pigé. Je penche à droite quand tu penches à droite, à gauche quand tu penches à gauche. Et je me lève si tu dois te lever. J'espère juste que ça n'arrivera pas.

— *We must be just one*, insiste Hazrat.

On ne doit faire qu'un. Je comprends, ou tout au moins j'enregistre.

Hazrat enfonce son casque sur la tête, comme Larry un peu plus loin sur sa Kawazaki. Je mets le mien par mimétisme plus que par envie de me protéger. Un casque sur une voie rapide à contresens. Tu parles d'un bouclier.

Sur le terre-plein en haut du boulevard Servier, nos motos attendent le signal de départ qui va être donné par le sadique à la tête peroxydée. On est comme deux taureaux prêts à débouler dans l'arène. Je veux chasser immédiatement cette image de mon esprit. Dans les corridas, la bête sort rarement gagnante du combat. Je m'agrippe à Hazrat.

— Go !

Ça y est, c'est parti, la moto bondit, légèrement plus vite que celle de Larry, qui est obligée de se positionner dans notre sillage. Hazrat dépasse une voiture, puis une deuxième. Sur le cadran, la flèche s'affole.

Larry nous talonne, sa roue pourrait presque frotter la nôtre. Sa moto piaffe. Soudain, je le vois s'engager dans une brèche sur notre droite. Le couloir du bus s'offre à lui, il s'y engouffre.

Notre moto stagne derrière une Audi. Son conducteur craint pour sa carrosserie, il finit par s'écarter et Hazrat s'élance. Il grignote la distance avec Larry, obligé de ralentir à cause d'une motocyclette qui batifole et ne garde pas sa ligne.

Les deux machines sont presque à égalité, elles slaloment entre les voitures qui comprennent le danger, s'affolent, s'écartent.

J'entends tout, je vois tout avec une acuité de folie. Je vois le dos d'âne. Je vois Larry tirer légèrement sur la bride de sa monture. Il a peur. Hazrat au contraire, accélère, attaque la bosse à fond de cale. Pendant une seconde ou deux, la machine plane, puis retombe, avec une souplesse rassurante. Mon genou ressent la secousse mais il est toujours fixé à ma jambe heureusement.

On est en tête. On amorce la dernière partie du boulevard, on dédaigne le feu qui vient de passer au rouge, c'est à peine si on ralentit. Bientôt, il va falloir tourner à droite. Hazrat s'est rabattu dans le couloir de bus pour attaquer le virage. Rien en vue. Il accélère. Derrière, j'entends la pétarade de la moto de Larry qui se rapproche.

Et soudain il y a cet enfant qui s'avance, sur le trottoir, maladroit sur sa trottinette. On dirait qu'il veut traverser, il s'approche de la chaussée. Hazrat le voit et Larry aussi, qui nous talonne. Il s'avance encore, ce petit, il n'a pas vu le couloir de bus sur lequel on arrive à pleine vitesse, juste avant celui des voitures. C'est à qui passera le premier. Lui ou nous ? Ou en même temps ? Dans une joyeuse explosion de chair ? Pas de roulette russe avec les enfants, c'est ce qu'on s'est dit avec Hazrat juste avant le départ.

Il est trop tard pour freiner. Dans un geste désespéré, Hazrat cabre à gauche et change de voie. La moto vacille, coupe la route d'une voiture qui écrase la pédale de frein derrière nous. On passe. Mais on ralentit.

Je tourne la tête vers le petit garçon. Larry, lui, n'a pas dévié de sa trajectoire. Il va le percuter, le faire voler dans les airs avec sa trottinette rouge. Le prince du bitume fonce, l'enfant hésite, tourne la tête à gauche, voit le bolide. Une seconde il s'arrête. Une seconde qui lui sauve la vie. Une seconde pendant laquelle la moto de Larry le frôle, juste un déplacement d'air, qui fait tournoyer ses cheveux mais ses cheveux seulement.

Larry, cet assassin en puissance, nous devance. Il tourne à droite dans la rue Brossolette. La rue est paisible, seule une Peugeot papillonne sur la chaussée, gauche, droite, gauche, droite, zigzags mal assurés. Encore une grand-mère qui ferait mieux de rendre son permis. Hazrat pousse la poignée de l'accélérateur.

Mon cœur descend dans mon estomac. La moto fonce, plein gaz, dépasse la Peugeot, accélère encore, elle n'est plus qu'à un mètre de Larry, elle va le rattraper mais il y a l'intersection, le virage et l'entrée sur le nouveau boulevard. Larry prend l'avantage et traverse la voie sans attendre que le feu soit vert. On le suit, on évite la charge des automobiles arrivant en face de nous.

Je ne sens plus mes jambes.

On arrive en pétaradant au pied de la sortie d'accès à la voie rapide qui dégueule un flot de voitures. Il va falloir maintenant nager à contre-courant, comme les saumons qui remontent les rivières pour aller pondre et ensuite mourir. Mais je ne veux pas mourir, moi ! En tout cas pas ici.

Larry s'engage le premier et fonce entre les voitures et la glissière de sécurité. Le passage est étroit. Dans le cortège des automobilistes, c'est la panique, les volants braquent vers la droite pour éviter nos bolides.

Larry continue sa course folle, l'espace nous manque pour pouvoir le doubler.

Il sort du goulot de la bretelle, entre sur la voie rapide toujours devant nous, toujours à contresens, il va creuser la distance. Je compte les secondes, je ne sais pas combien de temps on peut tenir face à des camions et des voitures lancés à pleine vitesse. Et si on tape la glissière de sécurité ?

Trente secondes, je compte dans ma tête. Elles me semblent interminables. Soudain, Hazrat profite d'un creux dans le trafic pour mettre les gaz et arriver à la hauteur de Larry.

Pendant quelques secondes, on roule côte à côte, tellement proches qu'on pourrait se checker, mais l'humeur du moment ne se prête pas à ce genre d'effusion.

Un trois-tonnes arrive face à nous. Il hurle sa panique avec son klaxon. Hazrat se rabat derrière Larry. À droite, j'aperçois enfin la bretelle permettant de rejoindre le boulevard Servier. Notre adversaire tourne, on tourne à sa suite.

Miraculeusement, la voie est libre, aucune voiture n'arrive sur nous. Le virage en descente est horriblement serré mais je devine que Hazrat va tenter le tout pour le tout.

Mon corps se prépare.

Hazrat met les gaz, se penche à droite. Je me penche aussi. Il attaque la courbe à pleine vitesse, il va dépasser Larry.

Mais Larry ne veut pas se faire doubler. Larry se met en travers de la chaussée pour nous couper la route et nous rabattre vers la glissière. Le minable. Si une voiture arrive en face, on est cuits. Il nous retient derrière lui jusqu'à la sortie de la bretelle.

L'Avenue européenne apparaît au détour du dernier virage, avec sa double voie et ses bas-côtés bordés d'entrepôts. C'est peut-être une piste de décollage mais il y a du monde autour, des employés et surtout des camions et des fourgonnettes débarquant leurs marchandises. Larry cesse son petit jeu avec nous. Il attaque la ligne droite, il prend les devants. On fonce derrière lui, mais à deux, on perd de la vitesse. Je suis sûr que Larry a trafiqué sa bécane. Je ferme les yeux quand on frôle une Land-Rover puis une fourgonnette, mais j'ai confiance. Hazrat fait ce qu'il veut avec sa moto. À nouveau on slalome entre les véhicules, le bitume défile sous les roues. Mais Larry nous distance. Il nous reste combien ? Deux-trois minutes avant d'atteindre le haut de Servier ? On l'a perdu, notre pari !

À cinquante mètres, j'aperçois un carrefour et deux gros feux de signalisation en position rouge. Les voitures sont arrêtées en file indienne pour laisser passer le flot de véhicules venant de la droite. Je vois Larry zigzaguer puis ralentir face aux voitures arrivant à la perpendiculaire, il ne peut pas forcer le passage, c'est maintenant un torrent de voitures qui se déverse au milieu du carrefour.

On la tient notre chance de le rattraper ? Bien sûr que non, on va être pris dans la nasse nous aussi et Larry en ressortira avant nous. C'est plié.

Le doigt d'Hazrat pointe quelque chose sur la droite. Son geste est fugace, mais j'ai le temps de le voir. Je tourne la tête vers ce qu'il m'indique. Je suis pris d'une nausée.

Sur le bas-côté, un gros camion stationne. Un camion transporteur, qui vient de décharger sa livraison de voitures. Sa rampe de lancement est encore tendue vers le ciel.

Non, Hazrat. Non. Ne fais pas ça, je t'en supplie.

La moto dévie à droite sur la chaussée et se met dans l'axe de la rampe. Je sens les jambes d'Hazrat serrer les flancs de la machine. Je me cramponne, je ne peux plus rien faire d'autre, même pas crier. Hazrat met les gaz, la moto part en droite ligne, elle attaque la montée métallique de la rampe, ça fait un boucan d'enfer, je vais chavirer. Hazrat se met debout, en appui sur le repose-pied, la tête très relevée au-dessus du guidon. Me lever moi aussi, ne faire qu'un, il m'a dit. Je pousse sur mes jambes. Je vois l'asphalte plus bas, le toit des voitures, je vois le ciel se rapprocher de moi ou plutôt moi se rapprocher de lui. On s'arrache.

On vole.

Le choc de la réception fait grincer la machine et mes rotules.

On est toujours là, toujours vivants, on a franchi la barrière du carrefour. On a planté Larry, qui reste prisonnier des voitures.

On va gagner ! Sur l'Avenue européenne, les entrepôts ont cédé la place aux boutiques. Je desserre un peu mon étreinte et Hazrat me fait un rapide signe du pouce. Il s'autorise même à ralentir légèrement.

L'émotion me submerge, j'ai envie de hurler et de pleurer en même temps.

Il ne reste plus que quelques mètres, à nous les six cents euros, à nous l'espoir. Une voiture débouche soudain de la droite, elle n'a pourtant pas la priorité, un gros stop est barré au sol. Elle ne cherche même pas à tourner. Elle se plante au milieu de la chaussée. On dirait qu'elle veut nous barrer la route. Elle NOUS barre la route ! À son volant, je connais ce type… Ces cheveux peroxydés. Le sadique à la joue balafrée ! Il tourne la tête vers nous, son sourire est sinistre.

Hazrat, pris de court, veut l'éviter, il donne un coup de guidon à droite mais il perd le contrôle, la moto vacille, file vers le trottoir, dérape…

On chute. Je vois l'engin continuer sa route sur le trottoir, pulvériser une vitrine et s'encastrer dedans.

34

Je suis sur la lune, ça ne peut pas être ailleurs, mes mouvements sont lents, comme ralentis. Pourtant, je ne porte pas de combinaison d'astronaute. Sous mon casque, à moins que ce soit un scaphandre, ma tête bourdonne, prête à se fendre. Je veux crier mais ma gorge n'expulse aucun son. Je fais un pas, puis deux, je me sens en apesanteur, j'ai la dégaine flottante de Neil Armstrong. Hazrat est allongé. Il est immobile, ses vêtements sont tachés de sang. Le trottoir est constellé d'éclats de verre. Je lève les yeux et je vois la vitrine en miettes, celle d'une bijouterie dans laquelle la moto est allongée. Une sonnerie agresse soudain mes oreilles. Une alarme.

Qui dit alarme, dit police, qui dit police, dit prison. Ou expulsion. Mon cerveau commence à sortir du brouillard. Je redescends brutalement sur terre. Mes mains brûlent atrocement.

Je me penche vers Hazrat et je le secoue.

— *Hazrat, come on, guy !*

Je le vois ouvrir les yeux péniblement. Il remue une jambe, puis deux. Il bouge ! Il est vivant ! Mais il retombe aussitôt dans une léthargie qui n'augure rien de bon.

D'ici trois secondes maximum, des gens vont accourir, nous ceinturer. Il faut fuir !

Je retourne à la moto couchée dans la vitrine comme un animal blessé. Je pousse de toutes mes forces pour la redresser. Je hurle maintenant, en soulevant la visière de mon casque.

— Hazrat, bouge-toi ! On va se faire coincer !

Sur le trottoir en face, un type a déjà un téléphone en main.

Cette fois Hazrat fait un effort, il sort des brumes et se relève péniblement.

J'actionne le kick violemment, comme je l'ai vu faire. Miracle, le moteur démarre.

Hazrat réagit un peu, suffisamment pour se hisser à l'arrière et s'accrocher à moi mollement. À quelques mètres, j'entends des voitures freiner, des portières de voitures claquer.

— Accroche-toi !

Je pousse sur l'accélérateur, la moto bondit, trop vite, je pile, je cale presque, je repars. Tiens bon, Hazrat, je t'en supplie. Je retente, cette fois plus calmement. La moto fait des soubresauts puis s'élance maladroitement.

Je contourne à pleine vitesse le terre-plein du boulevard Servier. Comme par hasard, il est déserté par la bande à Larry. Où sont-ils donc passés, ces fumiers ?

J'entends les sirènes de la police au loin. Il faut que je dompte au plus vite cette moto. Je poursuis ma route, mes mains et mes avant-bras me font souffrir terriblement et je prie pour que Hazrat ne lâche pas prise à l'arrière. Je sens sa tête affalée contre mon dos. Je m'enfonce dans un dédale de petites rues de quartier.

Je fais quoi maintenant ? Je vais où ?

Je n'entrevois qu'une solution.

35

Quitterie m'a ordonné de rester dans le salon mais la cloison est fine. J'entends les plaintes étouffées d'Hazrat, les déplacements du médecin dans la pièce. De temps en temps, il adresse quelques mots au blessé mais même en tendant l'oreille, je ne perçois que des bribes confuses.

Mes mains sont couvertes d'une crème que Quitterie m'a posée pour apaiser la sensation de brûlure. À l'intérieur de moi, c'est le grand froid.

Le film des dernières heures repasse devant mes yeux sans que je le convoque. Ma fuite incertaine dans les rues… l'arrivée chez Quitterie… les coups de klaxon désespérés pour qu'elle sorte de la maison… sa stupéfaction muette en découvrant Hazrat et la moto de Christophe… Les quelques explications que je lui bafouille à ce moment-là : un délire de course-poursuite avec des gens de Bel-Étang, l'impossibilité d'appeler le Samu, Hazrat est un migrant, les policiers ne doivent pas savoir !

La suite, je ne m'en souviens pas, je crois que je me suis évanoui.

À mon réveil, Quitterie s'affairait dans la chambre avec ce médecin urgentiste qu'elle connaissait. Comme elle, il donne un coup de main bénévole au camp de réfugiés. Par la porte, j'ai aperçu Hazrat allongé sur le lit, à demi-inconscient.

Depuis, plus rien. Quitterie fait des va-et-vient entre la cuisine et la chambre, fait bouillir de l'eau et jette dans un sac en plastique des morceaux de gaze imbibés de sang. Je n'ose pas lui poser de questions et elle ne cherche pas à me tenir informé de la situation. Je ne sais pas si Hazrat va mourir.

Tout à coup, elle déboule au salon.

— Vite, la moto, il faut la planquer !

La moto... je l'avais oubliée, celle-là. Elle est restée couchée dans le jardin.

La relever et la pousser jusqu'à l'établi n'est pas une mince affaire, surtout quand on a les mains couvertes de crème gluante. Quitterie me vient en aide, son visage est tout rouge. J'ai honte de la mettre dans un pétrin pareil.

— Tu la nettoies bien pour enlever les traces et ensuite tu l'ensevelis sous une bâche en plastique, OK ?

Quitterie parle d'une voix froide et précipitée que je ne lui connais pas. Elle n'encaisse pas bien le coup, je ne peux pas l'en blâmer. L'heure des explications n'a pas encore sonné car pour l'instant l'urgence est de s'occuper d'Hazrat. Mais elle doit se poser des tas de questions qui doivent aboutir au même résultat : je suis consternant.

— Regarde-moi, Manoé, regarde-moi bien dans les yeux ! Est-ce que vous avez blessé quelqu'un ?

— Non, je te jure. Juste une devanture de bijouterie, elle a pété en mille morceaux !

— Juste une devanture de bijouterie ! Parce que tu crois que c'est un détail ? T'as une idée des caméras de surveillance installées dans ce genre d'endroit ?

Quitterie tourne les talons. Je frotte frénétiquement la moto pour effacer les traces de terre. À deux endroits, la peinture a sauté et le réservoir est légèrement enfoncé. La machine porte les stigmates de la chute.

Délit. Le mot me vient à l'esprit d'un coup. Je prends conscience de ce qu'il charrie avec lui de menaces. Je suis un délinquant. Je vais être recherché, peut-être arrêté, je vais partir en prison. Hazrat aussi va être recherché. Il peut dire adieu à l'Angleterre.

Les murs de l'établi se tordent, tout tournoie autour de moi.

Quand je retourne dans la maison, Quitterie et le médecin sont penchés sur une ordonnance.

— Surveille sa température et donne-lui du paracétamol.

Je reste planté sur le seuil et Quitterie se retourne vers moi. Elle me fait un bref sourire.

— Il va s'en sortir, ton copain. Avec quelques côtes enfoncées, une légère commotion cérébrale et beaucoup d'entailles dans le corps à cause des éclats de verre.

J'inspire un grand coup et le monde autour de moi reprend des couleurs.

Le médecin rassemble ses affaires, ferme sa mallette et me salue d'un mouvement de tête. Je le remercie du bout des lèvres, horriblement gêné.

— Et toi, au moindre mal de tête ou au moindre vomissement, tu files au cabinet médical, entendu ?

— Entendu.

Il me tapote la joue et me sourit.

Dehors, je l'entends parler à Quitterie et ses paroles sont sans appel.

— Pour cette fois je te couvre mais tu ne peux pas le garder ici. Secourir un migrant, ça peut te valoir des ennuis. Et s'il s'est rendu coupable d'un délit, je ne t'en parle même pas.

Je n'entends pas ce que répond Quitterie, mais je suppose qu'elle acquiesce.

36

Pendant trois jours, Quitterie passe son temps au chevet d'Hazrat, elle lui donne à manger, lui change ses pansements, s'assure qu'il n'a pas de fièvre. Heureusement, Christophe a quitté la maison. Dans le cas contraire, il aurait déjà appelé la police. Quitterie, elle, n'appelle personne mais elle est tendue, elle sursaute à chaque claquement de portière dans la rue.

Je continue d'aller au collège mais les cours se déroulent sans moi. Je suis dans un état second. Je n'irai jamais en Angleterre, je ne verrai pas maman. Mais c'est presque un détail. Le plus grave se situe ailleurs, dans les pages du journal régional. Depuis trois jours, il consacre toutes ses unes à la mystérieuse course-poursuite qui s'est achevée dans la vitrine de la bijouterie Savaillon, sur l'Avenue européenne. L'accident a fait une victime : l'employé, qui travaillait à l'arrière, a eu un malaise cardiaque. Ses jours ne sont heureusement pas en danger. La police perquisitionne dans la cité du Bel-Étang à la recherche du pilote. Mais pour l'instant, les recherches sont infructueuses. Les habitants du quartier, eux, sortent de leur silence et réclament que des mesures soient enfin prises. Ces rodéos sauvages, ça ne peut plus durer !

La nouvelle de cette victime me submerge d'effroi.

— S'ils remontent la piste jusqu'à moi ? j'ai soufflé hier à Quitterie.

— Alors tu devras dire la vérité, Mano. Il faut assumer ses actes, dans la vie.

Mais tout de suite après, elle m'a serré très fort contre elle et m'a promis qu'ils ne me retrouveraient pas, il ne m'arriverait rien. Épuisé et malheureux, je me suis mis à pleurer contre son épaule.

Par bribes, j'ai commencé à lui raconter mon équipée, en omettant l'essentiel : l'argent parié sur la course et mon projet de revoir maman. Si j'ai enfourché cette moto, c'était juste pour le délire, pour la recherche de sensations fortes, je voulais me prouver quelque chose, je ne sais pas quoi

— Et Hazrat ? C'est ce garçon qui t'a piqué la chaîne, c'est ça ?

— C'est ça.

Quitterie se tourmente. Qu'est-ce qui ne va pas dans ma vie pour que je sois monté sur cet engin ? Elle réfléchit beaucoup et elle s'en veut. Si elle avait été plus attentive à ma détresse, je n'en serais pas là aujourd'hui. Pour elle, ce fiasco à moto cache un autre fiasco. Elle ne précise pas lequel mais je sais à quoi elle fait référence.

— Il faut prévenir ton père.

Je la dissuade de lui dire quoi que ce soit. Pour l'instant, il continue de faire la révolution en mer et c'est très bien comme ça. Au téléphone, hier, on a échangé quelques mots qui ne sont pas allés au-delà des banalités d'usage. "Bosse bien en classe, file un coup de main à Quitterie. – Oui, papa, ne t'inquiète pas, je débarrasse la table." À vrai dire, je n'ai pas grand-chose à débarrasser, on n'a pas beaucoup d'appétit, Quitterie et moi.

Le danger le plus immédiat, c'est Christophe. Il vide progressivement ses affaires et s'attaquera bientôt à l'établi. Quitterie a peur, même si elle ne le dit pas. Moi j'ai honte. Je l'ai rendue complice de mon acte, je suis dévoré de culpabilité.

Le plus à plaindre reste pourtant Hazrat. Tous les soirs, après ma journée au collège, je viens m'asseoir près de lui. Il fait peine à voir. Entre son cou et les entailles sur ses cuisses, il est couturé de partout. Pourtant, il se remet doucement de ses blessures et dès demain, il pourra tenter la position debout et essayer de faire quelques pas, d'après ce qu'a dit le médecin. Mais en aura-t-il la force ? Depuis l'accident, il n'a pas ouvert la bouche. Ses yeux dérivent du mur au plafond et du plafond au mur. Il ne répond pas à mes questions, il n'a envie de rien, même pas de jouer à la Play que je suis allé récupérer à la maison.

— *No money, no money*, murmure-t-il parfois.

Après le repas, Quitterie sort sa guitare et gratte quelques airs de folk pour lui. Mais ses yeux restent vides. Hazrat est prostré.

37

Quitterie me secoue et je sors avec difficulté du sommeil lourd et agité qui m'englue depuis l'accident. J'ai l'impression qu'on me frappe la tête avec une enclume.

— Allez, réveille-toi !

Je regarde Quitterie sans rien comprendre. Ma montre indique minuit.

— Christophe m'a envoyé un texto. Il viendra aujourd'hui en fin de journée reprendre ses affaires dans l'établi.

Mon cœur fait une embardée.

— Viens, suis-moi, on n'a plus le choix, ordonne Quitterie.

Je sors de mon hamac et je la suis sans poser de questions, après avoir enfilé un pull et un pantalon. Dans la chambre à côté, Hazrat est endormi. À pas de loup, Quitterie se glisse jusqu'à sa table de chevet et y dépose une feuille de papier : *We'll come back.*

— On va où ? je murmure.

Quitterie ne répond pas et m'entraîne à l'extérieur de la maison jusqu'à l'établi.

— On va se débarrasser de cette moto, Manoé.

— Mais c'est pas possible ! Et Christophe, qu'est-ce qu'il va dire ?

— T'as une autre solution ?

Non, je n'en ai pas.

Le plus silencieusement possible, je l'aide à hisser la Yamaha dans la remorque fixée à l'arrière de sa voiture, dans laquelle elle a l'habitude de transporter son matériel de voile jusqu'à la mer.

— Couvre-la avec la bâche !

Je m'exécute pendant que Quitterie ouvre précautionneusement le portail.

On roule pendant plusieurs kilomètres sans se dire un mot. À la sortie de la ville, Quitterie prend la direction de la zone industrielle nord. Les bâtiments bordant la route sont vétustes ou carrément à l'état d'abandon. Le lieu est désert. Qui viendrait se perdre dans un endroit aussi lugubre en pleine nuit ? Quitterie, les mains crispées sur le volant, tourne brutalement à gauche. Je commence à comprendre pourquoi on est entrés dans ce no man's land. Encore quelques mètres et le canal apparaît dans la lumière des phares. Je fixe l'eau noire, sur laquelle flotte un animal mort, peut-être un rat.

— Vite.

On sort la Yamaha de la remorque, on la pousse sur la berge envahie de mauvaises herbes. En tombant dans l'eau, la moto fait un splash lugubre. Un instant, on la regarde couler.

Quitterie se tourne vers moi.

— Ça restera toujours un secret entre nous, promets-le-moi.

38

Hazrat a les jambes repliées sur le torse, en position fœtus.

— Secoue-toi, mon vieux ! Sinon, tu vas avoir ton derrière couvert d'escarres !

Les escarres, c'est une plaie qui se forme quand on reste trop longtemps immobilisé. J'ai appris ça avec ma grand-mère, restée hospitalisée longtemps. J'exagère un peu mais de toute façon Hazrat ne comprend rien à ce que je dis. Je repousse la couverture et je l'oblige à se redresser.

— Allez debout, essaie de marcher. *Try to walk !*

Hazrat s'exécute à contrecœur. Il fait un pas, puis deux, puis trois, grimace de douleur et s'affale lourdement sur le lit.

— *My head.*

Il a le vertige.

— *That's normal*, ça va passer.

Je m'oblige à sourire pour le rassurer. Il va mieux, il doit faire l'effort de marcher un peu. Il ne peut pas continuer à se morfondre dans cette pièce. Et surtout, s'il veut manger, il va devoir se lever car il est tout seul aujourd'hui. Il est sept heures du matin, j'ai dû dormir deux heures depuis mon retour du canal et je dois partir au collège. Quitterie aussi doit reprendre le chemin du travail.

— *Hi Hazrat !*

Elle penche justement une tête par la porte et affiche elle aussi un sourire de façade mais ses yeux sont tirés. Elle nous fait un bref salut de la main, me prévient qu'elle a préparé le petit-déjeuner sur la table du salon et s'excuse, elle doit partir tout de suite au club.

La porte claque. J'ai l'impression qu'elle s'enfuit.

Hazrat regarde fixement le plancher.

Lentement, je l'amène au salon et lui montre comment réchauffer ses plats et comment allumer la télévision.

— *If a man called Christophe arrives, you tell him that you are a migrant and that Quitterie helps you. He will understand*[1].

Je n'ai jamais fait une phrase aussi longue en anglais.

— Manoé…

Hazrat s'avance vers moi, il marche avec difficulté, chaque pas semble le faire souffrir.

1. "Si un certain Christophe arrive, dis-lui que tu es un migrant et que Quitterie te vient en aide. Il comprendra."

— *I can't stay here. It's too risky for this lady... Quitti*[1].

Il a du mal à prononcer le nom de Quitterie.

— *First, you have to feel better. You have to wait, because of the police. Maybe they look for us*[2].

J'ai vraiment fait des progrès spectaculaires en langue. Hazrat ne dit plus rien. Je regarde ma montre, je dois partir si je ne veux pas être en retard au collège.

Je lui tends le numéro de téléphone de Quitterie, au cas où il aurait un problème.

Hazrat me regarde d'un air bizarre.

— *Bye, Manoé.*

— Bye Hazrat. À tout à l'heure !

À mon tour, je claque la porte et je pars à contre-cœur au collège.

Une petite réception est organisée ce matin à l'hôtel de ville, avec notre classe, le proviseur et quelques représentants du conseil municipal.

La maquette argileuse est exposée dans le hall du bâtiment, bien en évidence sous une cloche de verre. Un photographe de la presse locale vient immortaliser ce moment : les élèves de quatrième A réunis autour de leur professeure Mme Charnu, à l'initiative de ce projet "rassembleur", comme l'explique le chef

1. "Je ne peux pas rester. C'est trop risqué pour cette dame... Quitti."
2. "D'abord, tu dois récupérer. Tu dois attendre, à cause de la police. Peut-être qu'elle nous cherche."

de notre établissement dans un petit discours d'introduction. Les trois Afghans sont habillés avec soin, l'un d'entre eux porte même une cravate. Ils se tiennent serrés les uns contre les autres, un peu perdus.

Ameline me souffle à l'oreille qu'ils n'ont pas encore leurs papiers en France. L'attente peut durer encore des mois. Ils ne sont même pas sûrs de les obtenir, quelle galère, ce machin de la demande d'asile !

À la fin de la réception qui se conclut par des cacahuètes et un verre de jus d'orange, Mme Charnu s'approche de moi.

— Bravo Manoé, tu as fait un travail remarquable pour modeler l'Asie.

— C'est grâce à Hazrat. Il connaissait très bien les pays.

Mme Charnu soupire, son verre de mousseux à la main.

— Ce pauvre Hazrat… Va savoir où il est maintenant. Tu sais que la police est venue me poser des questions ?

Ma cacahuète me reste presque en travers de la gorge.

— Mais… pourquoi ?

— Oh, une enquête de formalité. Ils sont à la recherche d'un réfugié qui aurait soi-disant percuté une vitrine à moto. Je leur ai dit que tous mes élèves afghans étaient des garçons charmants et formidables ! *Tutti buoni raggazi !*

Merci, Mme Charnu, de voir le monde en rose. J'espère que votre témoignage écartera la menace qui pèse sur Hazrat.

Quand je rentre après les cours, Christophe se tient dans le salon, jambes écartées, et Quitterie l'écoute éructer, tête baissée.

— Mais c'est complètement crétin ! Comment tu as pu faire un truc pareil !

— Je suis désolée, je n'ai pas bien réfléchi.

— Pas réfléchi du tout, oui !

Christophe traite Quitterie de décérébrée : laisser la moto dehors pendant deux nuits entières, tout ça pour nettoyer de fond en comble l'établi et rassembler ses affaires ! Mais il pouvait le faire lui-même, il n'a pas deux ans !

Je me glisse jusqu'à la cuisine, livide, et j'entends tout ce qu'ils se disent, ou plutôt la pluie de reproches tombant sur Quitterie.

— Et tu t'étonnes qu'on l'ait volée, cette moto ! Exposée dans le jardin pendant deux jours, comme en vitrine !

J'écoute, effaré, le mensonge monté de toutes pièces par Quitterie. J'ai le cœur serré de l'entendre se faire malmener de cette façon. Jamais je ne réussirai à payer ma dette envers elle.

— Je vais te la rembourser, ta moto, murmure Quitterie à Christophe.

— Y a intérêt !

Je suis effondré. Quitterie n'a pas d'argent, comment va-t-elle faire ?

— En plus, j'étais pas assuré, c'est même pas la peine que je déclare le vol aux flics. De toute façon, ils ne la retrouveront jamais, cette bécane, va savoir où elle est !

Je m'attaque à la vaisselle qui traîne dans l'évier, pour faire quelque chose de mes mains. Lorsque l'ouragan Christophe quitte enfin la maison, je sors de ma retraite et je me jette dans les bras de Quitterie.

— Je suis désolé de tout ça, je lui murmure, en ayant peine à contenir mon émotion.

Quitterie passe une main dans mes cheveux.

— J'ai une bonne et deux mauvaises nouvelles.

Je retiens ma respiration, incapable de prononcer deux mots.

— La bonne nouvelle, c'est qu'il n'a pas l'intention d'aller porter plainte.

— Comment tu vas faire pour payer sa moto ?

— Plaie d'argent n'est pas mortelle, Manoé, tente-t-elle de plaisanter.

Elle me demande de m'asseoir sur le canapé, pour les deux mauvaises nouvelles qui vont suivre.

— La première…

Quitterie me prend la main et m'annonce que Hazrat est parti pendant notre absence. Il a pris une couverture, quelques provisions et a laissé un mot pour elle, dans lequel il s'excuse et la remercie pour tout.

— Et l'autre mauvaise nouvelle ? je demande, la voix étranglée.

Je crois que j'en ai une petite idée, après ce que m'a dit Mme Charnu.

Dans la cité de Bel-Étang, il semblerait qu'on ait dénoncé Hazrat. C'est écrit dans le journal qu'elle me tend. La police recherche un jeune migrant, qui serait selon toute probabilité un "mineur isolé" d'origine afghane.

— Et moi, ils n'en parlent pas ?

Quitterie soupire. Elle n'est guère surprise. Quand il y a un problème, c'est toujours les étrangers les premiers désignés.

39

Je pédale comme un fou, mes mains encore douloureuses cramponnées à mon guidon. Je prends la route menant à la Jungle en me demandant comment Hazrat a pu parcourir le même long chemin dans son état. Je furète ici et là, espérant le trouver à un carrefour, sous l'abri d'un bus, assis sur un banc. Peine perdue.

J'aperçois les buissons gris de la lande marécageuse, je m'approche du camp. À l'entrée quatre fourgonnettes de CRS stationnent.

Je freine brutalement. Un instant, les battements de mon cœur restent en suspens. Si les flics sont là, c'est pour cueillir mon copain ?

Je ne peux pas entrer ici avec toute cette armada casquée, c'est trop risqué pour moi. Si ça se trouve, Hazrat n'est pas venu jusqu'ici. Si ça se trouve, il se cache ailleurs car il se doute qu'on le recherche. Où a-t-il pu aller ? Une idée germe dans mon esprit. Elle est sans doute absurde.

Je m'éloigne aussi vite que je suis arrivé, je reprends la direction du port, je continue au-delà. Bientôt j'aperçois le rond-point sur lequel on a tourné avant d'avoir l'accident, mon père et moi. C'est fou ce qu'il peut y avoir comme carrefours giratoires dans cette ville. Je prends l'embranchement à droite et je pose mon vélo à l'endroit exact où Hazrat a heurté notre voiture.

Dans l'entrepôt, il fait toujours aussi sombre. Les gonds grincent lorsque je pousse le battant en bois. Sur le côté, j'aperçois à la lumière de ma lampe une silhouette allongée.

— Hazrat !

Je m'élance. Mon accolade lui arrache un cri de douleur. J'avais oublié son cou meurtri et ses côtes enfoncées. Son visage est blafard, il respire avec difficulté.

— *Manoé, leave me !*

Je suis horrifié de le voir dans cet état, étendu sur cette couverture.

— *Hazrat, you can't stay here !*

— *Get out ! Leave me !*

Il a presque parlé avec colère. Il s'affale sur sa couverture, à bout de forces.

Je reste assis un moment à côté de lui, désemparé, l'écoutant réciter de drôles de prières dans sa langue. De temps en temps, il fredonne une chanson triste.

Je n'ai pas la force nécessaire pour le tirer de là et je ne veux pas solliciter Quitterie à nouveau. Elle a déjà beaucoup donné, il n'est pas question de la mettre en difficulté alors qu'elle sait Hazrat recherché par la police. J'en viens presque à regretter l'absence de mon père.

Je pense à Jeff tout d'un coup.

Un détail que j'ai refoulé jusqu'à présent déboule dans mon cerveau. Je forme une hypothèse énorme, presque inconcevable. Soudain, c'est le déclic. Je m'accorde encore quelques minutes de réflexion et je compose son numéro.

Une demi-heure plus tard, un SMS s'affiche sur mon écran de téléphone : *Mais t'es où ?? Je te vois pas sur le parking !*

Je réponds : *Je suis dans l'entrepôt, au fond.*

Jeff finit par apparaître dans l'entrebâillement de la porte. Dans le noir, il avance à tâtons.

Je lève le bras.

— Par ici !

Quelques minutes plus tôt, j'ai expliqué à Hazrat que quelqu'un allait venir nous chercher.

— Police ?

— Non, pas police, un ami.

Mon copain n'a pas réagi et s'est pelotonné dans sa couverture. Sa léthargie m'inquiète.

Je vois Jeff avancer d'un pas précautionneux. Quand il aperçoit Hazrat allongé par terre, il sort un couteau de sa poche et avance à pas plus lents encore.

— Mais arrête ! Il va pas te sauter dessus !

Jeff range son arme, s'approche et dévisage Hazrat prostré sur sa couverture.

— Mais qu'est-ce que tu fais là, Manoé ? Qui c'est, ce type ?

— Aide-moi, c'est tout !

Jeff est costaud. Il soulève Hazrat, le prend par le bras pour marcher jusqu'à sa voiture garée sur le bas-côté. L'Afghan est sans forces, il ne proteste même pas quand on l'installe sur la banquette arrière.

Jeff s'écarte du véhicule et me fait signe.

— J'aime pas ça ! C'est qui, ce garçon ? Un migrant ? Je veux pas d'embrouilles !

À partir de maintenant, j'ai une partie difficile à jouer. Je prends une longue inspiration.

— Tu pourrais l'emmener en Angleterre, comme tu fais avec les autres ? Je te promets, je te paierai petit à petit.

— Qu'est-ce que tu racontes ?

Jeff a parlé d'une voix glaciale.

— Je sais que tu fais des passages avec les migrants.

— Tais-toi. Tu sais pas ce que tu dis.

— Mais je sais ce que je vois !

Je sors de ma poche le couteau aux initiales de Jeff.

— Je l'ai trouvé dans un zodiac, sur la dune.

Sous le coup de la surprise, Jeff recule d'un pas. Puis se ressaisit tout de suite.

— On me l'a volé.

— S'il te plaît, fais ça pour moi. Emmène Hazrat.

Jeff me regarde avec dureté.

— Je ne sais pas de quoi tu veux parler. C'est immonde, ce que tu insinues.

À cet instant, je comprends qu'il n'avouera jamais. J'ai perdu la partie, mais il me reste le lot de consolation.

— Alors ramène-nous à la maison.

Jeff hésite une seconde puis ouvre rageusement la portière avant.

Le trajet du retour vers le lotissement se fait dans un silence de mort. Devant le portail, je me penche à la vitre.

— Tu dis rien à papa. Sinon, je te balance.

Jeff ferme la vitre avec fureur et démarre sur les chapeaux de roues sans me dire au revoir. J'ai vu juste. Je le regarde dévaler la rue en repensant à l'enveloppe que mon père s'est saigné à remplir pendant des semaines. Combien il demande à ces malheureux, Jeff, pour faire la traversée ? Deux mille euros ? Trois mille euros ? Cinq mille ?

Papa dit toujours qu'il faut éviter de juger les gens. On peut parfois trébucher dans sa vie, faire des choses pas très jolies, sans être mauvais pour autant. Il faut tenir compte des "circonstances atténuantes", comme il dit. Je vais tâcher de m'en persuader.

40

J'installe Hazrat dans la cabane du jardin, qui est le seul endroit où papa ne mettra jamais les pieds. Mon père, je l'appelle tout de suite après. Je lui demande si je peux rester dormir seul ce soir à la maison car j'ai envie de retrouver ma chambre. Au téléphone, il ne fait pas de difficultés. Il est trop englué dans ses problèmes.

— Je rentre demain. On renonce au blocus.

— Ah…

Au point où j'en suis, un obstacle peut s'ajouter à un autre, cela ne m'effraie plus beaucoup. J'envoie un SMS à Quitterie pour l'avertir de la situation et la remercier de toute son aide. Elle doit penser qu'Hazrat a regagné son campement et que je me prépare à passer une soirée tranquille devant mes jeux vidéo…

Je procède à un rapide nettoyage du réduit. Je branche un peu de musique pachtoune, je prépare un lit sommaire avec des couvertures et un tapis de sol, et j'essaie de faire boire à Hazrat quelques gorgées d'eau. Mais il refuse d'avaler la moindre goutte et repousse même le thé que j'essaie de préparer à la manière orientale, brûlant avec beaucoup de sucre. Il ne va quand même pas se laisser mourir !

Hazrat reste ostensiblement la tête tournée vers le mur. Il me demande d'éteindre la musique et de le laisser seul. Il veut être dans le noir, il veut avoir la paix. Il se contente de serrer dans sa main une drôle de pierre noire gravée.

— *You are alive, you are free, come on*, secoue-toi *!*

— *Free ? Here, I'm like in a prison. No future*, me lâche-t-il.

Je passe la nuit à côté de lui, je l'entends gémir dans son sommeil, s'agiter. Il finit par se réveiller en hurlant, le cou mouillé de sueur, les yeux remplis de larmes.

— *I am alone, Manoé. I'm frightened*[1].

Je convoque ma traductrice sur le téléphone parce que je ne trouve pas les mots en anglais à deux heures du matin.

— Je suis là, moi. Je vais pas te laisser tomber. Je te le promets, tu peux compter sur moi.

Je ne sais pas pourquoi, mais je pense soudain à ces mots prononcés par les époux au moment du mariage : "jusqu'à ce que la mort nous sépare". Dans notre cas, ce sera jusqu'à ce que la mer nous sépare.

Hazrat serre fort mon bras et, à cet instant, je sens la détresse refluer dans son regard.

1. "Je suis seul, Manoé, j'ai peur."

Le lendemain matin, il va légèrement mieux. Le Nutella ne le tente pas, mais il accepte le verre de lait frais que je lui tends. Il reste allongé, les yeux clos, sa pierre à la main, exténué. Il lutte pour ne pas perdre toute l'énergie qu'il a mobilisée pendant ces longs mois de survie pour atteindre son but. Ne renonce pas, Hazrat.

Je me décide à lui dire ce qui me trotte dans la tête depuis cette nuit.

— Appelle ta mère. *Call your mother !*

Hazrat ne répond pas mais je sens son épaule bouger un peu.

— *Hazrat, call your mother !*

Hazrat m'explique d'une voix éteinte que sa mère lui a fait jurer de ne l'appeler qu'une fois arrivé. S'il lui avouait son échec, ce serait une grande honte. Elle ne comprendrait pas.

Je sors la traduction.

— C'est pas un échec ! Elle pourrait tout simplement te consoler et t'encourager à continuer ! Imagine-toi à sa place ! Tu ne voudrais pas que ton fils t'appelle s'il était au bout du rouleau ?

Ces histoires de honte, d'honneur et de conduite morale commencent à mettre mes nerfs en pelote. Je ne sais pas à quoi elles ressemblent, ces mères de ces pays-là, mais franchement, elles font peser une sacrée chape de plomb sur la tête de leurs fils !

— *Then call your* tante *in England.*

Il faut absolument qu'il entende une voix amie et familière. Je fouille dans ses affaires, je prends son téléphone et je le lui colle sous le nez.

— *Call your* tatie *!*

Hazrat hésite, prend le téléphone dans ses mains et contemple son écran.

— *Call !*

Hazrat compose lentement un numéro de téléphone et sa main se met à trembler.

Une tonalité, deux tonalités, trois tonalités. Va savoir si c'est un bon numéro, va savoir si elle veut répondre à un neveu qu'elle n'a jamais vu, cette tante d'outre-Manche.

Une voix féminine, à l'autre bout. Hazrat murmure un prénom dans sa langue.

La voix répond, j'entends une exclamation. Hazrat parle encore, doucement. Il rit et pleure en même temps. Je me lève, je le laisse à sa conversation. Je pars au collège, il faut bien que j'y aille de temps en temps.

En fin d'après-midi, mon père rentre à la maison dans des effluves de goudron et de sel, le visage défait. Devant l'intransigeance des autorités publiques, les marins pêcheurs ont craqué. Pas l'ombre d'un début de négociation. Pas l'ombre d'une concession. Les ferries ont enfin repris leurs va-et-vient tranquilles vers l'Angleterre.

— On est Gros-Jean comme devant, résume mon père.

Il n'y a que les adultes pour employer des expressions pareilles.

Quelque chose en lui semble cassé. Il s'affale sur le canapé et tire le bilan de son existence. Depuis vingt ans qu'il exerce son métier, il a toujours courbé l'échine. Il trime douze à quatorze heures par jour, il paie ses impôts. La seule chose qu'il réclame, c'est de pouvoir exercer dignement son métier. Et même cela, on le lui refuse ! Mon père a l'impression d'avoir reçu une gifle. L'humiliation le cloue sur son divan. Et aussi la situation de son compte en banque.

— On est à sec, Mano. Complètement à sec.

Le soir, il trouve quand même la force d'enfiler son ciré pour reprendre la mer.

À peine a-t-il refermé la porte que je me précipite dans la cabane. Hazrat est assis sur son matelas de fortune et griffonne un dessin sur un bout de papier. Je lui tends une BD que j'ai prise à la bibliothèque du collège. Il n'en revient pas, on peut emprunter des livres comme ça, gratuitement dans mon pays ? En Afghanistan, les bibliothèques sont très rares.

— Tu vois, tout n'est pas noir ici ! je plaisante.

Hazrat me regarde pensivement. Je constate que ses yeux ont retrouvé de la vivacité.

— *Why helping me Hazrat ? Why you are so good with me ?*

— Because I'm an angel ! There is no angel in your religion ?

Je rigole parce qu'à vrai dire, je ne sais pas pourquoi je fais tout ça. C'est peut-être à cause de cette mère qui l'a chassé de chez lui... Peut-être qu'en l'aidant, je m'aide aussi.

On fait un truc incroyable ce soir. On dessine nos mères respectives et on les affuble d'horribles moustaches, d'oreilles de Dumbo, d'yeux de borgne. On les défigure. On les maudit. On s'amuse. Je fais l'énumération de tout ce que je n'ai pas reçu, à cause de la mienne. Hazrat aussi fait le compte de tout ce dont il a été privé, à cause de la sienne. Ça nous fait un bien fou d'en vouloir à nos mères. De ne pas simplement trimballer un paquet d'amour ou d'idéalisation.

Un jour passe, puis deux. Hazrat reprend des forces, sa tante l'appelle le matin et le soir pour prendre de ses nouvelles. Je rentre le plus vite possible du collège, je surveille que mon père n'aille pas traîner du côté du jardin. À plusieurs reprises, je le vois arracher ici et là des mauvaises herbes, vouloir ressusciter un pied de rhubarbe. Je n'aime pas ça. Il n'a jamais eu la main verte, c'est quoi cette subite envie de nature ?

Arrive le samedi et, je ne sais pas pourquoi, j'ai un mauvais pressentiment.

41

Il est neuf heures, l'heure à laquelle mon père vend sa marchandise du jour au port. Je ne me méfie pas, j'ai apporté dans la cabane une pile de mangas et je les regarde avec Hazrat en écoutant de la musique à plein volume sur le téléphone. Quelques minutes plus tôt, j'ai obligé Crazy Jumper à se lever et à faire quelques exercices de gym, pour éviter l'ankylose, comme nous l'a expliqué le prof d'éducation physique.

La porte s'ouvre brutalement. Mon père apparaît sur le seuil.

Mon cœur se décroche.

Hazrat se replie sur lui-même, comme un escargot empêché de rentrer dans sa coquille. Il baisse les yeux. Il attend le couperet.

Le silence s'éternise. Je regarde mon manga, bêtement, parce que je ne sais pas où fixer mes yeux.

— Tu m'expliques, Mano ?

La voix de mon père est tranchante comme une lame de couteau.

Je dois rassembler mon courage, je dois arriver à lui parler.

— Il a des problèmes, il sait pas où dormir.

Le regard de mon père se pose sur Hazrat qui garde les yeux baissés au sol.

— C'est le garçon qui était là l'autre jour ! Il vient d'où ? Il fait quoi ?

— C'est un Afghan, il vit dans la Jungle. Il a pris des cours au collège et puis on est devenus copains.

Mon père regarde le fatras de couvertures au sol.

— Il peut pas rester ici.

— Tu veux qu'il aille où ?

— Je sais pas, moi ! De là où il vient !

Je prends ma respiration et, avec le plus de calme possible, j'explique à mon père qu'il ne peut pas retourner dans la Jungle, il ne supportera pas une nouvelle fois de dormir dans cette boue, avec tous ces gens dangereux qui rôdent autour des tentes, avec pour compagnie la faim, la saleté, la peur. Il est blessé, son moral était en ruine il y a deux jours, il ne voulait même plus parler.

Mon père pose une main contre le mur et m'écoute, les sourcils froncés.

— On va aller à la mairie. En France, il y a quand même des gens pour s'occuper de gosses comme lui !

Mes tempes se mettent à bourdonner. Je ne peux pas dire à mon père qu'Hazrat est peut-être recherché par la police, qu'il ne doit surtout pas se faire connaître.

— Il a déjà été envoyé dans un foyer pas loin d'ici, il ne veut pas y retourner !

— Il attend quoi alors ?

— Il veut passer en Angleterre rejoindre sa tante. Ici, il ne connaît personne, il est comme un orphelin. Il ne parle même pas français.

Hazrat, les mains sur ses jambes repliées, garde une immobilité de pierre.

Mon père tapote nerveusement avec ses doigts contre le mur de la cabane, il semble réfléchir. Mais pourquoi a-t-il fallu qu'il rentre plus tôt aujourd'hui !

— En attendant de trouver une solution, on va lui préparer un lit dans la maison. Il peut pas dormir ici comme un miséreux, bougonne-t-il.

J'ai presque envie de lui sauter au cou. Mais je me contente de le suivre et de retourner dans la maison pour aller récupérer un matelas au grenier. À cet instant, on sonne à la porte.

42

Marine Kohller pose sur la table de la cuisine le croquis d'un visage qui ressemble assez grossièrement à celui d'Hazrat. Mon père se penche sur le dessin, il ne dit rien. Mon cerveau est une toupie.

— Sébastien, je suis désolée mais je vais devoir poser quelques questions à Manoé.

Elle n'est pas désolée du tout. D'ailleurs, elle parle à mon père d'un ton sec qu'elle n'emploie jamais avec lui d'habitude. L'heure n'est pas aux minauderies.

Elle est venue pour mener un interrogatoire, son arme vissée à sa ceinture.

Je suis assis en face d'elle et je regarde ses grosses mains sur son carnet de notes.

— Ce migrant est recherché par la police pour une infraction grave à moto. Tu le connais ?

— Je ne crois pas, non… je balbutie.

Je lève les yeux vers mon père, dont les mâchoires se contractent.

— Ne dis pas n'importe quoi. On sait qu'il a séjourné très brièvement dans ta classe pour des séances d'art plastique. Tu l'as côtoyé.

— Ah oui peut-être… cette tête me dit quelque chose en effet…

— À moi aussi elle dit quelque chose, cette tête. Je l'ai vue ici. Plus précisément sur le trottoir et aussi dans le jardin.

Pourvu que ma voix ne tremble pas.

— Mais non, vous confondez !

Marine Kohller et ses joues d'épagneul se penchent vers moi.

— Je n'oublie jamais un visage quand je l'ai vu une fois.

La policière se tourne vers papa, qui est blanc comme les murs de la cuisine.

— Sébastien, vous avez quoi comme moto ?

— Mais je n'ai pas de moto !

Mon père ouvre des yeux stupéfaits.

La voisine se tourne vers moi. Visiblement, elle n'apprécie pas d'avoir été menée en bateau.

— Sur quelle moto vous étiez l'autre jour ?

Je baisse la tête. Marine Kohller se cale sur la chaise.

— On va essayer de résumer et de ne pas perdre trop de temps. Je t'ai vu avec lui ici dans le jardin sur une Yamaha. C'était la sienne ou celle de ton père ?

Ma gorge est sèche.

— La sienne.

— Mais alors pourquoi tu m'as menti ?

— Je sais pas.

Un silence écrasant s'installe entre nous.

— Tu sais que ce migrant a tapé dans la vitrine d'une bijouterie avec une Yamaha ? Exactement le modèle sur lequel tu es monté ?

— Comment je le saurais ? je murmure.

Mes jambes tremblent nerveusement. Marine Kohller note sur son carnet.

— La dernière fois que tu l'as vu, ce garçon, c'était quand ?

— Je sais plus, moi… Le jour où on vous a parlé dans le jardin.

— Tiens, comme par hasard. Le jour de l'accident.

La policière note encore quelque chose sur son carnet. Je suis effondré, je ne sais plus quoi dire.

— À Bel-Étang, ils ont dit qu'ils étaient deux sur la moto, continue-t-elle.

Papa s'assoit lentement à côté de la policière. Sa voix est comme enrouée.

— Qu'est-ce que vous insinuez, Marine ? Manoé aurait quelque chose à voir avec tout ça ?

— Mais j'ai rien fait, moi ! je proteste en criant.

— Des témoins les ont vus, ces garçons ? demande mon père avec calme.

Marine Kohller froisse un coin de la feuille et marque un instant d'hésitation.

— On n'a pas de témoins directs, ils portaient un casque le jour où ils ont enfoncé la vitrine de la bijouterie Savaillon mais il y a des recoupements. Qu'est-ce que tu as fait sur cette moto avec ton copain le jour où je t'ai vu ?

— On a juste fait un petit tour.

Elle me demande de lui décrire l'itinéraire qu'on a emprunté ce jour-là.

J'invente tant bien que mal une balade imaginaire au nord de la ville.

— Ça a duré une heure et ensuite je suis rentré.

Marine Kohller farfouille sur mon visage à la recherche d'un mensonge. J'essaie désespérément de rester le plus naturel possible.

— Je voudrais jeter un œil avec Manoé à sa chambre.

Mon père se lève et lui montre les escaliers.

Marine inspecte de fond en comble la chambre, comme un chien limier. Elle ouvre les tiroirs, penche sa tête sous le lit. Heureusement, toutes les affaires d'Hazrat sont dans la cabane et son linge sale a disparu dans la poubelle. Elle poursuit son inspection dans la salle de bains puis au grenier.

— Je voudrais voir le jardin aussi, dit-elle à mon père qui nous a attendus au pied des marches.

Je m'accroche à la rampe.

Marine Kohller sort sur la terrasse. De ses yeux, elle balaie le terrain envahi par les herbes hautes puis se dirige à grands pas vers l'arrière de la cabane. Elle espère y trouver la moto, j'en suis sûr. Peine perdue. La flic ne se décourage pas pour autant. Je la vois fureter près de la haie qui donne dans son jardin, revenir à la cabane, en faire le tour, puis en ouvrir la porte d'un coup sec.

Hazrat… Je regarde mes pieds. J'attends les cris. Pourvu qu'elle ne lui tire pas dessus.

Une minute passe, Marine Kohller ressort.

— Bon, Marine, il va falloir m'expliquer à quoi ça rime, tout ça ! Vous voulez peut-être inspecter la carcasse du bateau tant que vous y êtes ? s'impatiente mon père.

Marine Kohller regarde le bateau échoué sur l'herbe, elle a un moment d'hésitation.

— J'attends Manoé pour une déposition au commissariat d'ici deux jours.

D'un pas de militaire, elle regagne l'entrée de la maison sans nous dire au revoir.

Je me précipite dans la cabane.

Elle est vide. Plus de couverture, plus de BD. C'est incompréhensible. Je vois mon père se diriger vers la carcasse du bateau et en soulever la bâche. Hazrat est allongé dedans, avec toutes ses affaires repliées sur lui.

Il se redresse, le visage livide.

— *Thank you, sir*, murmure-t-il.

— Je crois que tu me dois quelques explications, non ? me lance mon père avec une voix vibrante de colère.

Je ne suis pas certain de pouvoir parler tellement je suis abasourdi.

43

J'installe Hazrat dans ma chambre et je lui demande de m'attendre. Il est inquiet, il se doute que quelque chose ne tourne pas rond. Sinon, mon père ne l'aurait pas tiré précipitamment avec toutes ses affaires hors de la cabane pour le cacher dans la coque d'un bateau.

— Qui venir ? Police ?

— *Yes, police.*

Ce n'est pas la peine de lui mentir.

— *If they catch me, they'll send me back*[1] *!* s'exclame-t-il, paniqué.

— *They don't have* preuves *!*

— Preuves ? *You mean, proof ?*

— *Yes.*

Je n'ai pas le temps de le rassurer, ni de faire de la bonne traduction. Papa m'attend dans la cuisine, il m'a donné cinq minutes pour descendre. Si je ne

1. “S'ils me prennent, ils vont me renvoyer chez moi !”

suis pas là dans les temps, je sens qu'il va tout casser, tellement il fulmine.

Il se tient debout, le dos à la fenêtre, et ses yeux sont comme des lances.

J'attends le déclenchement des hostilités et, étrangement, je n'ai pas peur.

— Cette histoire que j'ai lue dans le journal, c'est donc lui ?

Silence.

— C'est lui. Et c'est moi aussi.

Mon père s'agrippe à la poignée de la fenêtre comme s'il craignait de tomber.

Le silence s'invite à nouveau, pesant, insistant, il creuse la distance entre nous deux.

— Tu es donc un petit con de délinquant, c'est ça ?

— Appelle-moi comme ça t'arrange.

Un instant, je sens mon père prêt à me coller une gifle. Il peut me frapper, ça m'est bien égal.

— La moto, elle vient d'où ?

Je repense à la promesse faite à Quitterie.

— C'est mes affaires.

S'il était un dragon, mon père me cracherait du feu à cet instant précis.

— Écoute-moi bien, petit morveux. Soit tu m'expliques tout de suite pourquoi tu as fait ça, soit ton clando, je le ramène dans sa Jungle.

Silence.

— Alors ?

— Je voulais aller voir maman.

Allez, papa, c'est pas la peine de prendre un air stupide, je vais tout t'expliquer parce que franchement, j'en ai rien à cirer de ce que tu penses de moi. Alors oui, j'ai traîné avec une sale bande, j'ai volé une moto, je ne te dirai pas où, j'ai fait un pari stupide et risqué ma peau sur la voie publique pour avoir de l'argent. Et Hazrat aussi a désespérément besoin d'argent pour aller remettre sa vie aux mains de passeurs qui le tabassent un jour sur deux, alors il a conduit cette moto comme un barjot et il a fini dans cette vitrine. Et moi, tu sais pourquoi je le voulais, cet argent ? Pour aller à la finale de la Champions League. Ça te dit encore quelque chose, cette finale, ou bien tu l'as déjà effacée de ton esprit ? Moi j'y pense tous les jours depuis deux mois, c'est la seule chose qui palpite au fond de mon cœur, qui me fait tenir debout. Et tu sais pourquoi j'y tiens tant, à cette finale ?

Oui, tu fais bien de t'asseoir et de baisser la tête, papa. Tu as très bien compris pourquoi je voulais aller à Londres. Pas pour voir des joueurs taper dans la baballe, non. C'était pour aller voir maman, voir son visage, la maison où elle habite maintenant. Parce que, figure-toi, elle me manque, maman. Mais ça, je n'ai pas le droit de te le dire, hein ? Parce que pour toi, elle est morte le jour où elle est partie.

Tu n'as d'ailleurs rien fait pour la retenir. Tu n'as pas bougé le petit doigt.

Et si tu veux que je te dise le fond de ma pensée, t'es bien content qu'elle ait décampé. Comme ça, tu peux tranquillement continuer ton train-train de vie dans ton petit chalutier. Ton bateau, c'est tout ce qui compte pour toi, pas vrai ?

Tu peux aller me dénoncer à la police si tu veux. Mais Hazrat, tu ne t'en mêles pas, tu le ramènes pas au campement. Ne t'inquiète pas, il ne va pas te déranger plus longtemps. J'ai trouvé une idée, là, subitement, en te parlant. Puisque la Champions League, on n'ira jamais toi et moi, eh bien je vais vendre les billets au prix fort. La finale a lieu dans deux jours, j'ai encore mes chances. Et avec l'argent, Hazrat pourra négocier avec un passeur le passage dans un camion.

Ben quoi ? T'en fais une tête ? T'es pas content de te débarrasser du clando, comme tu l'appelles ? Pourquoi tu caches ton visage dans tes mains ?

— Mano… j'ai vendu les tickets ce matin à un type de la capitainerie. Je voulais t'en parler. Je devais absolument payer la facture d'électricité et je…

— …

Tu as vendu des billets qui n'étaient pas à toi, papa ? Tu as vendu les billets qui faisaient briller les yeux de ton fils ? Tu t'en es débarrassé pour payer une facture EDF ? Tu vois, je sais pas quoi te dire, à part te balancer que tu me dégoûtes. Oui, tu m'as bien entendu, tu me dégoûtes.

44

Je fouille fébrilement dans le placard et j'en retire ma combinaison Youpi Sport et mes chaussures en caoutchouc. Je tends à Hazrat des vêtements chauds, pull, polaire, bonnet.

— Habille-toi !

On n'a pas beaucoup de temps. Cinq minutes plus tôt, mon père a passé une tête par la porte de la chambre en nous annonçant que la préfecture venait de l'appeler pour un début de discussion possible avec les Hollandais.

— À mon retour, on va trouver une solution pour Hazrat, je t'en donne ma parole, a-t-il déclaré en faisant une drôle de tête.

Il semblait même bouleversé.

Je lui ai claqué violemment la porte au nez. Je ne veux plus le voir. Plus jamais.

En courant, je prépare un sac à dos avec des biscuits, de l'eau, une lampe torche, une boussole.

— *You called your tante ? You explained ?*

Hazrat hoche la tête gravement.

Je laisse un mot, le même que celui de maman, près du frigo : *Je m'en vais.*

L'histoire se répète, et jamais dans le bon sens, dans cette maison.

Dehors, la lumière décline, dans une heure le soleil se couchera. Il flotte pour la première fois dans l'air un parfum léger et doux, presque chaud. Pour l'instant, la météo marine est favorable, on annonce des vents de sud-ouest de force 2-3.

Hazrat est encore fragile, il marche à pas lents, courbé en avant à cause des cicatrices et de ses côtes qui lui font mal. Il est rafistolé de partout mais il ne se plaint pas. Il donnerait tout pour ne pas retarder l'échéance, même s'il est mort de trouille. Moi je n'ai pas peur, je suis au-delà de la peur, je veux fuir, c'est tout. On marche, longtemps. La dune apparaît, puis la petite route goudronnée menant au club de voile. Encore un effort. On arrive. À cette heure, tout est fermé, Quitterie et les autres employés sont rentrés chez eux, le matériel a été nettoyé et rapatrié dans le hangar.

Quitterie… j'aurais voulu te parler avant de partir, si tu savais.

Les dériveurs reposent sur le sable. Hazrat a un mouvement de recul en voyant la taille de notre embarcation, qui dépasse à peine les quatre mètres de long. Je cours chercher la voile dans le hangar et je la fixe au mât pour qu'on n'ait plus qu'à la hisser.

— Aide-moi à le mettre à l'eau !

Je regarde une nouvelle fois le ciel, en espérant que les conditions météo se maintiennent. La mer est calme mais les quelques nuages qui s'amoncellent au sud pourraient changer la donne. Je vérifie que la boussole fonctionne, je vais en avoir besoin, faute de carte et de GPS. Cap à l'ouest en ligne droite.

— Inch'Allah, je murmure.

Hazrat contemple le 420 avec des yeux horrifiés. Moi aussi j'étais paniqué au moment d'enfourcher sa Yamaha et de me jeter dans le flot des voitures. Je la connais, cette trouille qui bloque sa respiration en ce moment.

Je pose une main sur son épaule.

— *You trust me, Hazrat ? Are you OK ?*

Il pose une main sur la mienne à mon tour et fait oui de la tête.

Cette fois-ci, je suis aux commandes et, à vrai dire, je n'ai aucune garantie de réussir mon pari fou. Hazrat aussi avait tenté l'impossible au guidon de sa moto. Il ne nous reste plus que cela, la folie, pour survivre. Mentalement, je fais la liste de tous les défis à relever : les courants violents qui vont s'inverser avec la marée, ce rail à franchir dans le noir avec des dizaines de cargos en procession au milieu de la Manche, cette nuit à percer sans lumière pour ne pas prendre le risque d'être repérés par les garde-côtes.

Hazrat enfile le gilet de sauvetage puis monte maladroitement dans l'embarcation posée sur l'eau en se cramponnant aux plats-bords. Il lève des yeux affolés vers moi. Je tente de le rassurer. Rappelle-toi, Hazrat, ce qu'on s'est dit sur la moto : "On ne doit faire qu'un ! Sinon, on ne s'en sortira pas !"

— *When I tell you, you move to the right or to the left.*

— *Manoé, I can't swim !*

— *I know.*

J'observe le vent, il est toujours sud-ouest mais demain matin, il doit passer à l'ouest. On n'a pas de temps à perdre, si on ne veut pas se retrouver face à lui et face à la montée des vagues. Heureusement, si mes calculs sont bons, on sera arrivés avant le petit matin.

Le soleil déjà bas donne une teinte platine à la mer, des mouettes ricanent au-dessus de nous. Je hisse la voile, je tire un premier bord pour me dégager de la côte, en demandant à Hazrat de se placer toujours du côté opposé à la voile, doucement, sans faire de mouvements brusques pour ne pas qu'on chavire. C'est un jeu d'équilibre. Le dériveur est un bateau instable, qui fait la culbute à la moindre contrariété.

Hazrat est un bon exécutant, son visage est contracté mais il garde son calme, il essaie de dompter ses craintes, il comprend qu'il en va de notre survie.

Je prends mon cap. La distance se creuse avec le club de voile. L'obscurité, progressivement, enveloppe le dériveur. C'est la première fois que je navigue de nuit, l'expérience est déstabilisante. Tous mes sens sont éveillés, chaque bruit est démultiplié. Le clapot de l'eau frappe fort contre la coque. À la barre, je perds tous mes repères, les distances ne sont plus les mêmes.

Hazrat est pris du mal de mer. À une ou deux reprises, il se penche par-dessus bord pour essayer de vomir.

— *Don't move !* je lui ordonne.

Je fouille l'horizon à la recherche des cargos car on va bientôt entrer dans la zone de navigation maritime la plus dense au monde. Il va falloir traverser le rail montant puis le rail descendant, se faufiler entre deux mastodontes lancés sur leur route, qui ne dévieront pas d'un centimètre si on se présente au mauvais moment dans leur axe. Ils ont la priorité absolue et ne sont pas capables de nous repérer sur notre coquille de noix.

L'Afghan a les yeux rivés vers l'Angleterre cachée derrière son rideau de nuit.

45

Le bateau avance à une allure encourageante, on doit filer un bon quatre nœuds. Il prend bien la vague. En face de moi, Hazrat commence à se détendre. Il bouge ses épaules, puis ses jambes, passe une main sur son cou comme pour sortir de son engourdissement. Il commence même à échanger quelques mots avec moi.

— *How did you learn sailing*[1] *?*

— *I took lessons with the girl-friend of my father.*

Ça m'amuse de faire de Quitterie la petite amie de mon père. Je crois d'ailleurs ne pas être loin de la vérité. Hazrat prend une grande inspiration et hume l'air salé.

— *You feel better ?* je lui demande.

Il hoche la tête.

Tant mieux. Rien de pire que la nausée en mer. Je l'ai attrapée une ou deux fois quand j'étais plus jeune, j'aurais pu me laisser marcher sur le corps tellement je me sentais mal.

1. "Comment tu as appris à naviguer ?"

J'aperçois soudain sur ma gauche les feux des cargos lancés sur une ligne invisible dans l'eau pour entrer en mer du Nord. Un coup d'œil à Hazrat, qui n'a rien vu. Il fredonne une chanson dans sa langue. Surtout, ne pas l'inquiéter.

Je calcule ma trajectoire et je vise le cargo le plus proche. La manœuvre est délicate, je dois naviguer à vue, sans radar permettant d'évaluer les distances. Il faut que je coupe la route juste derrière lui pour ne pas perdre de temps avant l'arrivée du cargo suivant.

— *How do you know to manage this ?*

Hazrat me montre la barre que je tiens fermement avec mes mains.

Il n'a aucune idée du danger qui se pointe à l'horizon et semble s'intéresser maintenant au fonctionnement du dériveur. Je suis tenté de lui répondre que ce n'est pas le moment de poser des questions techniques, mais je ne veux surtout pas lui montrer que je suis tendu.

— *You turn it to the left when you want to go to the right* et *then* l'inverse.

Je lui jette quelques explications confuses, j'ai les yeux rivés sur le cargo qui échappe à la vue d'Hazrat.

— *At the end, it's not that impressive being on a boat !* rigole-t-il.

Ah ouais, pas impressionnant ?

Je lui fais signe alors de tourner la tête.

Il pousse un cri de panique.

— *Don't move !* je lui crie.

La masse énorme d'un navire fait route vers nous, comme prêt à nous engloutir.

— T'inquiète pas, quand je vais traverser, il sera déjà passé !

Hazrat, les yeux écarquillés, cherche désespérément à comprendre mes paroles.

— *Don't worry, it's OK !*

Je tends mon pouce et lui fais un clin d'œil.

C'est bon, j'ai calculé juste, on va le franchir sans encombre, ce premier rail.

On continue d'avancer mais je sens une tension nouvelle dans l'air et sur l'eau. Le bateau penche davantage, la barre se durcit. À plusieurs reprises, je suis obligé de modifier le réglage de la voile pour tenir mon cap. Le vent est en train de tourner, ça n'était pas prévu au programme. Je suis gagné par l'appréhension.

Une demi-heure s'écoule. Hazrat me voit m'agiter et il perd le sourire. En peu de temps, le décor a changé. Le vent a tourné à l'ouest, m'obligeant à réduire la voilure. Les vagues se creusent. Hazrat est inquiet, son mal de mer le reprend, il est recroquevillé sur lui-même.

— Regarde droit devant toi ! je lui lance.

Le vent se renforce encore, les vagues chahutent notre frêle embarcation. J'ai du mal à la maintenir stable. Le plus inquiétant, c'est cette pluie fine qui commence à tomber, réduisant la visibilité. Le temps se bouche, m'empêche de distinguer les cargos au loin, en provenance de la mer du Nord. D'après mes calculs, le rail descendant ne doit pas être loin. Mais impossible d'évaluer les distances.

La mer se creuse encore, des paquets d'eau commencent à envahir le cockpit.

Je serre les dents, les mains crispées sur la barre. Hazrat n'est pas correctement habillé, il est trempé et grelotte. Le niveau de l'eau monte dangereusement et je le vois soudain, par réflexe, attraper la bassine à l'avant et se lever pour écoper.

— *No !* je hurle.

Le moindre déplacement sur le bateau déjà très penché risque de nous faire chavirer. Je crie à Hazrat de faire contrepoids en se penchant au maximum vers l'extérieur du bateau, en s'accrochant au câble et en retenant ses pieds dans la sangle fixée au sol. Autant lui demander de marcher sur un fil tendu au-dessus de la tour Eiffel. Je lis la panique dans ses yeux mais il s'exécute dans un effort surhumain pour rester maître de lui.

J'essaie aussi de le rassurer :

— *It's normal to move like this in a* dériveur *!*

Mais bien sûr que non, ce n'est pas normal, c'est même carrément inquiétant d'être ballotté au milieu des vagues avec un vent qui devient chaque seconde de plus en plus agressif. Mais je ne laisse rien paraître de mon angoisse, je me concentre sur la barre qui ne fait preuve d'aucune bonne volonté. Au fond, dans l'opacité mouillée de la nuit, j'aperçois les lueurs des cargos. On n'est plus très loin du rail.

Et puis soudain, la rafale de vent. J'entends son souffle, elle gifle la voile qui se met à gémir, elle cogne contre la coque comme une démente. Je n'ai pas le temps de redresser le bateau. Je n'ai pas le temps de dire un mot à Hazrat.

Une fraction de seconde, je repense à la moto couchée sur le bitume. L'embarcation chavire. On est catapultés dans l'eau.

Un instant, je suis avalé par les flots. Ma tête s'enfonce dans les profondeurs glacées. Mon esprit ballotte dans un tourbillon d'eau et d'écume, il me semble que mes jambes se sont décrochées, qu'elles effectuent une drôle de figure devant mes yeux, ou bien ce sont mes bras ? Et puis, pop !, mon gilet de sauvetage me ramène comme un bouchon de liège à la surface, j'attrape une bouffée d'air, je regarde le ciel qui ne peut rien pour moi, sauf me renvoyer un peu de lumière et me montrer une tête flottant à la surface de l'eau puis des bras s'agitant dans des mouvements désordonnés.

— Hazrat !

Je le rejoins en quelques mouvements de crawl.

Dans ses yeux, je lis la terreur pure, sans retenue, prête à m'engloutir si je n'y prends pas garde. Mon ami se jette sur moi comme sur une bouée, ses mains appuient sur mes épaules, me font couler. Je bois la tasse.

Je me dégage d'un mouvement violent et recule à un mètre de lui.

— Calme-toi ! Tout de suite !

Je fais une nouvelle tentative pour me rapprocher de lui mais Hazrat se jette à nouveau sur moi avec désespoir, il m'étouffe presque de ses bras, ses jambes emprisonnent les miennes, il va me faire couler, cet idiot !

La gifle part, puissante, je pourrais presque l'entendre claquer si elle n'était pas couverte par le mugissement du vent.

Un drôle de son caverneux sort de la bouche d'Hazrat, je vois sa tête partir en arrière, revenir en avant. Il me regarde maintenant d'un air hagard.

— *Stop now !* je lui hurle.

Il se tait, ne bouge plus.

Je me mets derrière lui, je l'attrape par le gilet de sauvetage, il n'est plus qu'un lourd paquet de chair que je pousse en avant désespérément, rageusement, en nageant avec mes pieds, sans perdre un instant de vue le dériveur qui a suivi heureusement la même direction que nous.

Hazrat l'a vu aussi, il semble se ressaisir, il donne des coups de jambes faiblards pour venir à bout des quelques mètres qui nous séparent du bateau.

En un instant, j'évalue l'étendue des dégâts. La dérive a disparu ! Sans doute qu'elle était mal fixée ! Sans elle, impossible de prendre appui pour redresser la coque, complètement retournée sur elle-même. Mon cœur est sur le point de lâcher. Avec difficulté, on contourne le dériveur pour nous mettre à l'abri du vent et des vagues. Hazrat s'agrippe au plat-bord, j'en fais autant, nos mains sont des serres refermées sur ce cercueil de plastique. Combien de temps peut-on tenir ainsi ? Dans une eau de printemps à douze ou treize degrés, je calcule qu'on en a pour deux ou trois heures, peut-être un peu plus.

Je suis un petit enfant perdu au milieu de l'océan, j'ai envie de sangloter mais je n'y arrive même pas. À côté de moi, Hazrat ne bouge pas, ses lèvres tremblent de froid. De temps en temps, je l'entends marmonner quelques mots dans sa langue. J'ai l'impression qu'il demande sa mère. Moi, c'est mon père que j'appelle.

Il faut absolument qu'on arrive à redresser cette fichue barcasse ! Je donne mes consignes à Hazrat : monter sur le plat-bord, attraper le côté opposé de la coque et la faire basculer en arrière, avec le mât. Le corps trempé et glissant, on se hisse péniblement sur l'embarcation mais le vent nous repousse en arrière, impitoyable. On retombe à l'eau. On recommence. Cette fois, on arrive à se coucher sur la coque, puis à agripper le bord opposé. On tire de toutes nos forces. Mais une bourrasque à nouveau rabat le dériveur. On tente à nouveau. Une fois, deux fois, jusqu'à sept fois. On a du mal à se coordonner.

Hazrat, glacé, est épuisé. Je suis aussi à bout de forces.

— *Manoé, you don't have your phone ?* me souffle mon ami.

Non, Hazrat, j'ai plus mon téléphone. Gorgé d'eau, il ne servirait plus à grand-chose de toute façon. Il ne me reste que ma lampe torche étanche, au fond de mon ciré. Mais je ne vois pas très bien à quoi elle pourrait nous servir, ici, dans la nuit, au milieu de rien.

— *Manoé... I'm so tired.*

Je tourne la tête vers son visage exténué, vers ses mains engourdies qui peinent à tenir le plat-bord. Il était mal en point au moment de partir en mer, il ne va pas tenir longtemps. Je le vois fermer les yeux un long moment. Hazrat, mon vieux, il faut pas que tu flanches, il faut que tu restes éveillé, que tu me parles !

— *How much my* chaîne... *you sold ?* je lui demande.

Il garde les yeux fermés.

— *Sixty*, il murmure.

— C'est tout ? *Just that ?*

— *Yes. It was not really gold.*

Tu m'as bien eu, mamie. Tout ça pour ça. Tout cet enchaînement de galères pour soixante euros. Pour en finir là, au milieu de la Manche.

— *Manoé... Your mother... what was she like ?*

— *What ?*

— Être… comment… son visage ? Vrai visage ?

— Tu veux dire, sans les oreilles de Dumbo ?

Je prends plusieurs secondes pour réfléchir.

— Elle était blonde, avec des yeux clairs presque transparents et des taches de rousseur sur le nez. Elle était petite mais ses gestes étaient toujours très amples, très spectaculaires, un peu comme si elle se produisait sur une scène de théâtre.

Voilà que brutalement, son visage m'apparaît. Et aussi ce chemisier rose qu'elle portait la dernière journée passée ensemble. Je l'avais complètement oubliée, cette journée. Maman m'avait emmené dans un restaurant japonais. C'était la première fois que je sortais avec elle pour manger. Je revois maintenant son regard posé sur moi ce jour-là. Je n'avais pas l'habitude de la voir me regarder comme cela. J'entends encore son rire d'enfant lorsqu'elle m'avait vu manger avec les baguettes et en mettre partout sur ma chemise. Elle m'avait installé sur un tabouret haut, au comptoir, juste à côté d'elle, et elle s'était amusée avec moi à déchiffrer le menu en japonais. La douceur de cette journée me frappe.

Je raconte tout ça à Hazrat en français, mais cela n'a pas beaucoup d'importance.

— *And your mother ?*

— *She was dark-haired, very tall, with almost yellow green eyes and dark skin*, détaille-t-il. *Sometimes in the morning she would walk me to school without telling my father. We would walk through a park full of roses*[1].

Moi non plus, je ne comprends rien à ce qu'il me raconte, mais je saisis l'essentiel.

— Moi, revoir ma mère, un jour, articule Hazrat en français.

Il lève les yeux vers le ciel.

— *Up there.*

Là-haut ? Il va revoir sa mère là-haut ? Mon cœur se ratatine. Qu'est-ce qu'il me raconte ?

— *Manoé… I think it's the end of my travel.*

Qu'est-ce que tu entends par la fin de ton voyage, Hazrat ? T'as quand même pas l'intention d'abandonner la partie, à quelques miles de ton but ? Après toutes ces épreuves que tu as surmontées avec tant de courage ? J'ai envie de hurler tellement c'est injuste.

— *Thank you for everything, Manoé. My brother.*

— *Hazrat, please ! Stay with me !*

— *I would like… I would like to talk to my mum*, murmure Hazrat, très affaibli.

Moi aussi à cet instant, j'aimerais parler à mon père. Lui dire à quel point je regrette tout ce que j'ai dit. Je serre la main d'Hazrat très fort, aussi fort en tout cas que mes forces me le permettent.

1. "Elle avait des cheveux noirs. Elle était très grande, avec des yeux presque jaune-vert et une peau foncée. Parfois le matin, elle m'accompagnait à l'école sans le dire à mon père. Nous traversions un parc plein de roses."

— *Listen to me ! If Allah keeps you in life* jusqu'à *today, there is a reason !*

Je suis prêt à tout pour lui remonter le moral, même à jouer les curés. Mais je crois qu'il n'y en a pas dans sa religion.

Mes paroles semblent agir sur lui comme un électrochoc. Il me regarde intensément, ses mains agrippent avec un peu plus de force le plat-bord. Je me demande combien de temps encore il va pouvoir résister. Cinq minutes, quinze minutes ?

Mes yeux auscultent la mer, je vois les lumières des cargos se rapprocher. Les courants nous entraînent dangereusement vers le rail. On dérive, on va se faire happer.

Une lumière tremblote dans la nuit, sur la gauche. Elle ne vient pas du rail, elle semble plus proche.

— *Hazrat, Hazrat, a light !* Une lumière !

Hazrat lève péniblement la tête.

La lumière semble fouiller l'obscurité, elle avance doucement… mais… qu'est-ce que je vois ? Oui, elle se rapproche ! Elle vient dans notre direction ! À contresens du rail !

— *Hazrat, look, a light*, je répète comme un fou.

— *Help ! Help !* scande doucement Hazrat.

Il faut absolument qu'on se signale ! Que faire ? Pourquoi je n'ai pas de fusée de détresse ? Vite, la lampe torche. Oh Allah, Jésus-Christ, Bouddha machin, faites qu'elle fonctionne ! Oui, elle s'allume !

— *Hazrat, come on !*

Me hisser sur la coque. Oui, j'y suis. Me cramponner et lever le bras et agiter la lampe. C'est une crotte de lumière quand il me faudrait un projecteur pour percer cette nuit ! Mais pourquoi le jour ne se lève pas ? Pourquoi faut-il qu'on soit prisonniers de ces ténèbres ? Lever encore le bras, même si j'ai des crampes, balancer des éclairs de lumière, ne pas glisser sur cette coque vacillante, ne pas tomber à l'eau à nouveau.

— Ici, ici ! je hurle.

J'entends Hazrat dans l'eau m'appeler doucement.

— *Manoé, I can't anymore !*

Je ne veux pas qu'il lâche le dériveur. Pas tout de suite.

— *Hazrat, there is a boat ! It comes* vers nous *! It comes* vers nous *!*

Le bateau avance à très faible allure, il semble dévier de sa trajectoire, se mettre dans notre axe. Il nous aurait vus ?

— Oui, il nous a repérés ! *Hazrat, he saw us !* je hurle à pleins poumons.

J'entends le ronronnement rassurant du moteur, je vois l'embarcation tanguer dans les vagues, pencher à gauche, à droite, se faire ballotter par les flots, mais poursuivre sa marche obstinée vers nous. Sur le pont, son projecteur éclabousse la mer de lumière. Son contour se précise. Je connais cette forme, c'est celle d'un chalutier, comme celui de papa.

Papa !...

46

De toute ma vie je n'ai cru papa capable de pleurer. C'est pourtant ce qu'il fait, en me serrant dans ses bras à m'étouffer.

— Ne fais plus jamais ça, Mano, promets-moi !

— Je te promets, papa !

Je regarde mon père ruisselant de larmes, debout sur ce pont où il vient de remporter le plus grand combat de sa vie, sauver son fils. Son ciré usé et trempé vaut bien plus que toutes les capes de super-héros que j'ai regretté ne pas lui voir porter.

Je crois que je l'ai, la preuve qu'il tient à moi. J'aurais pu le comprendre plus tôt. Je me mets à sangloter moi aussi à m'en décrocher les épaules, bientôt rejoint par Hazrat, que mon père serre à son tour dans ses bras. On reste un petit moment en mêlée serrée, indifférents à la pluie et aux vagues qui voudraient perturber notre bonheur.

— Bon, les garçons, c'est pas tout ça, on a quand même une jolie tempête sur le dos. Il faut que je manœuvre.

Il fait bon dans la cabine de *L'Envolée*. La lumière à côté du gouvernail me rassure et me fait oublier les ténèbres dans lesquelles j'ai failli périr. Ce bateau que j'ai tant détesté est venu me chercher dans les décombres de la nuit, comme un chien sauveteur, fidèle et pas rancunier. La pluie tambourine contre ses vitres, le vent hurle, les déferlantes menacent d'engloutir son pont, mais il tient bon et me protège.

Papa nous donne des vêtements secs, enroule Hazrat dans une couverture de survie et reprend maintenant les commandes de l'embarcation.

— Comment tu as su qu'on était partis en mer ? je lui demande, balbutiant.

— J'ai fouillé dans ton placard, j'ai vu que ta combinaison n'y était plus. Quitterie m'a confirmé qu'il manquait un dériveur au club.

— Et ensuite ? Comment tu as fait pour nous retrouver ?

Son arrivée au milieu des flots déchaînés me semble être le fruit du miracle.

Mon père me jette un œil surpris. Pour lui, l'affaire semble avoir été plus rationnelle.

— J'ai estimé votre temps de départ, la force et la direction du vent... Bref, un peu de feeling et pas mal de bon sens marin.

J'oubliais qu'il était un marin hors pair. Et courageux.

— Pour tout te dire, j'ai appelé Jeff pour me filer un coup de main, mais…

Mon père s'interrompt, hésitant.

J'attends la suite, nerveux.

— Incompréhensible. Paraît qu'il a quitté la région, du jour au lendemain. Il ne m'a même pas dit au revoir.

Je regarde pensivement la mer à travers la vitre. Son départ ne me semble pas si incompréhensible à moi, mais je préfère ne pas éclairer papa sur le sujet. Je ne veux pas salir le souvenir de Jeff.

— Peut-être qu'il reviendra te dire au revoir plus tard.

— Peut-être. Ou peut-être pas. Ça n'est pas la fin du monde. La fin du monde, ça serait de t'avoir perdu.

La voix de mon père s'étrangle.

Hazrat, assis sur la banquette, boit doucement une tasse de café brûlant et se remet doucement du choc. Il regarde lui aussi à travers le hublot son rêve englouti. S'il est triste, il ne le montre pas. Il a remercié au moins une vingtaine de fois mon père depuis qu'il nous a repêchés.

— *End of the game*, je lui dis en m'asseyant à côté de lui et en fermant les yeux.

— *At least, we have tried*, me répond Hazrat avec un sourire faible.

Oui, au moins, on aura essayé. On se sera même battus comme des lions.

On reste quelques minutes épaule contre épaule, trop épuisés pour parler, conscients d'avoir vécu ensemble des moments uniques qu'une vie entière ne suffira pas à effacer.

— Si Jeff n'était pas là, pourquoi tu n'as pas appelé le Cross[1] ? je lance à mon père.

— Je m'étais donné encore un quart d'heure avant de les prévenir. Mais si je lançais le Cross à vos trousses, ton copain pouvait dire adieu à ses projets d'Angleterre.

— Tu sais, je crois qu'il n'a plus de projets, c'est fini pour lui, je murmure.

Papa remet les gaz, le moteur toussote, je le vois chercher un point sur la carte.

Par ce temps, rentrer au port relève de l'exploit, mais je sais qu'il va y arriver.

Soudain, je le vois éteindre les lumières du bateau, à l'avant, sur le mât et même dans la cabine. On se retrouve plongés dans le noir. Hazrat frémit à côté de moi.

— Qu'est-ce qu'il se passe ? je demande, alarmé.

Papa se retourne vers nous.

— Bon, il veut aller où exactement, ton copain ?

Les déferlantes ne peuvent rien contre le patron de *L'Envolée*, contre sa connaissance parfaite de leur colère, contre son sang-froid. Les porte-conteneurs en provenance de la mer du Nord arrivent sur notre droite comme des bolides mais papa est plus malin

1. Centre régional opérationnel de surveillance et de sauvetage.

qu'eux, il passe le rail suffisamment vite, sans se faire repérer par les radars, il avance incognito, lumières éteintes, dans le noir, comme un brigand magnifique. Il se tapit dans le creux des vagues, il se replie derrière le vent pour couvrir le bruit du moteur, il sait les risques encourus mais il n'en a rien à faire de commettre un méfait, le premier de sa vie, parce qu'à côté de lui se tient un étranger éperdu de reconnaissance, qui hurle de joie, qui pleure, qui promet de prier pour lui jusqu'à la fin de ses jours et lui saute même au cou. Et mon père, ça le remue, tout cet espoir qu'il tient entre ses mains. Ça le lave de toutes les déconvenues qui ont sali son moral de marin ces dernières semaines.

— Au moins mon bateau aura servi à quelque chose !

— *Sir, I will work, I will pay you back for the crossing. I promise !*

— J'en veux pas de ton argent. Garde-le pour faire des études, grommelle-t-il à Hazrat.

Je pose une main sur sa main rugueuse posée sur le gouvernail. Je voudrais lui dire à quel point je suis fier de l'avoir pour père à cet instant. Même le fils ou la fille du président de la République ou du prix Nobel de la paix n'a jamais éprouvé un sentiment pareil.

Mais je me tais, je n'ai pas l'habitude de ce genre d'effusion. Mon père, en revanche, se tourne vers moi.

— Je suis fier de toi, Mano.

J'ai le cœur renversé. Et ce n'est pas par le roulis.

47

Il faut agir vite. Jeter l'ancre dans le noir pour ne pas attirer l'attention des garde-côtes, descendre le canot de sauvetage, ramer jusqu'au rivage dans le silence. Il est trois heures du matin, le vent est retombé, la mer a recouvré ses esprits. La plage se devine dans le halo de la lune.

À terre, deux silhouettes immobiles et faiblement éclairées à l'aide de lampes torches, sont tournées vers nous, comme de petits phares plantés dans le sable.

— *It's my aunt and my uncle !* me souffle Hazrat, la voix joyeuse.

Encore quelques coups de rame. Ça y est, Crazy Jumper, tu es enfin arrivé au bout de ton voyage. Et au bout de ta peine.

Dans le canot, Hazrat s'incline devant mon père et prononce quelques mots dans sa langue qui doivent être des remerciements. Papa lui demande aussitôt de se redresser pour éviter de chavirer.

— Mon petit, ce serait dommage de tomber à la flotte maintenant.

— *Goodbye, sir, thank you so much. I will never forget.*

Puis il m'étreint fort. Ses côtes enfoncées doivent en prendre un coup.

— *Goodbye, my brother.*

Sa voix s'étrangle d'émotion.

Hazrat glisse une main dans sa poche et en ressort sa petite pierre noire gravée, qu'il serrait si fort quand il allait mal.

— *It's the present from my father. Coming from my grand-father. Even the sea did not take it*[1]. Pour toi.

Je la prends dans mes mains, cette pierre polie par les doigts de son père.

— *It's a stone but you deserve a mountain*[2].

Traîne pas, Hazrat, je pourrais moi aussi me laisser submerger par l'émotion.

— *I promise, I will call you soon.*

Hazrat me donne le numéro de téléphone de sa tante, je lui glisse celui de papa.

Le rivage apparaît, je distingue les galets de la plage, j'entends les exclamations étouffées d'une voix féminine. Hazrat enlève ses baskets sur lesquelles les traces de sang ont disparu. Il se tient droit. La mer a épongé les blessures de son corps.

1. "C'est un cadeau fait par mon père. Qui vient de mon grand-père. Même la mer ne me l'a pas pris."
2. "C'est une pierre mais tu mérites une montagne."

— *Don't look for your mother too long, Manoé*[1], me souffle-t-il.

Il saute souplement dans l'eau, marche quelques pas et gagne le rivage, où sa tante et son oncle le prennent dans leurs bras. Hazrat me fait un long signe de la main, puis il s'enfonce dans la nuit. Au revoir, mon frère.

1. "Ne continue pas à chercher ta mère trop longtemps, Manoé."

48

Les falaises de craie blanche percent le plafond de nuit. Dans la lumière blafarde du petit matin, elles laissent deviner leurs contours mystérieux. Papa éteint le moteur, on n'entend plus que le clapotis de l'eau battant doucement contre la coque. On se laisse tranquillement dériver, le temps de boire un café chaud debout sur le pont, côte à côte, et de contempler le paysage qui s'allume timidement sous nos yeux.

Papa m'a prêté un ciré, un peu grand mais qui me tient chaud. Il se tourne vers moi, avec une tête embarrassée.

— L'autre jour, ce que tu m'as dit à propos de Delphine… que je n'avais rien fait pour aller la chercher…

C'est la première fois que je l'entends prononcer le prénom de maman. Je retiens ma respiration.

— Quand elle est partie, je ne suis pas rentré à la maison pendant trois jours, tu te rappelles ?

Comment j'aurais pu effacer cet épisode de ma mémoire. Au moment où j'avais le plus besoin de lui, il était allé se perdre au milieu de la Manche.

— Je n'étais pas en mer. J'ai cherché ta mère partout et j'ai fini par la trouver. Je l'ai suppliée de revenir mais…

Sa voix se casse. J'ai très peur d'entendre la suite. Mais j'en ai besoin.

— Elle est partie avec quelqu'un. Quelqu'un qu'elle… voyait depuis longtemps. Un genre de producteur artistique.

Je contemple les falaises. Il y en a une sur la droite qui ressemble un peu à une trompe. La nature fait de drôles de dessins quelquefois.

— C'est pas vrai, Mano, que je l'ai oubliée. Je pense à elle tous les jours.

Je me demande si on peut tenter le parapente ici. Les sensations doivent être incroyables.

— En gros, t'étais pas le bon mari pour elle et moi j'étais pas le bon fils, je finis par murmurer.

Mon père passe son bras autour de mon épaule.

— Je crois qu'on n'y est pas pour grand-chose. Mais j'aurais dû t'en parler. Pardonne-moi.

On boit notre café sans plus rien ajouter. Le soleil a pris son aise dans le ciel et lève enfin le voile sur les falaises. En fin de compte, je les trouve plus belles de loin que de près.

Il est temps que maman prenne congé de ma vie.

Dans la cabine, papa reprend la barre. Puis il décroche la radio et demande s'il y a une place pour *L'Envolée* au petit port de pêche anglais dont on aperçoit le phare à l'horizon. Il se débrouille pas mal dans la langue de Shakespeare, il me l'avait bien caché !

Il se tourne vers moi et me sourit.

— On y va à Londres, même sans billets ?

Je regarde pensivement une mouette faire des circonvolutions dans le ciel avant de se poser à la proue du bateau. Je repense à mon dernier repas au restaurant avec maman, à ses baguettes japonaises glissant de mes mains et la faisant rire aux éclats. Ce sera la dernière image d'elle et elle est parfaite.

— Je crois que ça n'en vaut pas la peine.

Mon père réfléchit quelques minutes puis se racle la gorge comme s'il voulait me faire une annonce très officielle.

— Quitterie va faire un convoyage de voilier jusqu'aux Antilles en octobre. Ça te dirait qu'on l'accompagne ? On en aurait pour un mois, peut-être un peu plus.

À l'intérieur de moi, un feu d'artifice de surprise, d'excitation, de bonheur.

— Mais… mais t'as pas d'argent !

— Bah, on se débrouillera et on mangera le thon de l'océan. Mais tu râleras pas pour les repas, hein !

— Promis, je dirai rien. Je t'aiderai même à pêcher.

Je pose ma main sur l'épaule de mon père. Il me semble que j'ai trouvé l'appui le plus solide au monde.

Papa remet les gaz, *L'Envolée* fait demi-tour et tourne le dos à la côte anglaise.

On rentre au port.

L'AUTRICE

Journaliste et scénariste de formation, CATHERINE DABADIE voyage beaucoup. Elle vit aujourd'hui à Strasbourg.

Chez Actes Sud junior, elle est l'autrice de *Mauvais sang*, *Au nom de l'ours* et *Dernière manche*.

Ouvrage réalisé
par l'atelier graphique Actes Sud
achevé d'imprimer
sur roto-page
en août 2022
par l'imprimerie Floch
à Mayenne
pour le compte
des éditions Actes Sud
Le Méjan place Nina-Berberova
13200 Arles

Dépôt légal 1re édition : septembre 2022
N° impr : 100886
(Imprimé en France)